MEMÓRIAS de SANGUE

O mestre das sombras
© Ivan Jaf, 2011

Conforme a nova ortografia da língua portuguesa

Gerente editorial	Claudia Morales
Editor	Fabricio Waltrick
Editora assistente	Fabiane Zorn
Redação de notas e apêndice	Luciana Cantão
Preparadora	Bárbara Borges
Coordenadora de revisão	Ivany Picasso Batista
Revisoras	Alessandra Miranda de Sá
	Cláudia Cantarin
	Bia Nunes de Sousa
Estagiária	Ana Luiza Cândido

ARTE

Projeto gráfico	Carlos Magno
Editor	Vinicius Rossignol Felipe
Diagramadora	Thatiana Kalaes
Editoração eletrônica	Iris Polachini, Júlia Tomie Yoshino
Pesquisa iconográfica	Daniela Chahin Baraúna

CIP-BRASIL. CATALOGAÇÃO NA FONTE
SINDICATO NACIONAL DOS EDITORES DE LIVROS, RJ

J22m

Jaf, Ivan, 1957-
O mestre das sombras / Ivan Jaf ; ilustrador Jefferson Costa. - 1.ed.
- São Paulo : Ática, 2011.
128p. : il. - (Memórias de Sangue)

Contém apêndice e suplemento de leitura
ISBN 978 85 08 14544-7

1. Brasil - História - Revolução Pernambucana, 1917- Literatura infantojuvenil. 2. Literatura infantojuvenil brasileira. I. Costa, Jefferson. II. Título. III. Série.

10-6579. CDD: 028.5
CDU: 087.5

ISBN 978 85 08 14544-7 (aluno)
ISBN 978 85 08 14545-4 (professor)
Código da obra CL 737113

2011
1ª edição
1ª impressão
Impressão e acabamento: Gráfica Ideal

Av. Otaviano Alves de Lima, 4400 - CEP 02909-900 - São Paulo - SP
Atendimento ao cliente: 0800 115152 - Fax: (11) 3990-1776
www.atica.com.br - www.atica.com.br/educacional - atendimento@atica.com.br

Ilustrações
Jefferson Costa
Ivan Jaf
O mestre das sombras
editora ática

Sumário

"Ela não voltará.
E você chora, pela admirável impossibilidade de
alcançá-la através da diferença que os separa."

Marguerite Duras

Capítulo 1

Saco vazio não fica em pé.

Moscas de cemitério são muito folgadas. Habituam-se a passear sobre os corpos sem serem espantadas. Havia sempre uma porção delas caminhando sobre Vicente, procurando algum ponto em que a carne estivesse começando a apodrecer, sem encontrar. Até que o sol se punha e ele empurrava a tampa do caixão com violência, dando tapas em si mesmo.

O ano era 1815. Estava morando no Cemitério dos Ingleses, em Santo Amaro, na vila do Recife, e talvez as moscas o perturbassem tanto porque havia poucos defuntos. O cemitério fora inaugurado um ano antes.

Naquele plenilúnio de janeiro acordou deprimido. Sentiu as patinhas de dezenas de moscas, como pequenas senhoras gordas indo às compras, mas não se mexeu. Não encontrava motivo.

Solidão. Desde que fora transformado em vampiro, Vicente tinha aquelas crises de solidão cósmica.

Desânimo de *ser*. Desânimo diante do destino. Maldição que o expulsara da vida. Já não era deste mundo. Nem era do "outro". Como dar um sentido à vida quando se está morto? Morto, e ao mesmo tempo quase imortal. Era para deixar qualquer um doido. Não era à toa que tinha a alma doente. Bem, sempre podia se matar: ir para o sol, cortar a própria cabeça, fazer uma fogueira bem grande e se enfiar dentro. Morrendo talvez descansasse. Pelo menos se livraria deste mundo material idiota. Ninguém sentiria sua falta. Só as moscas do Cemitério dos Ingleses.

Cerca de 20 mil pessoas morreram no terremoto que destruiu Lisboa em 1755, no Dia de Todos os Santos. Além dos tremores, por cerca de 5 dias grandes incêndios contribuíram para arrasar a cidade. A multidão que tentou fugir para o porto foi surpreendida ainda por um *tsunami*.

Criado pelo Marquês de Pombal no século XVIII, em Lisboa, o Colégio dos Nobres foi a primeira instituição pública (porém paga) de ensino não religioso em Portugal, destinada à formação de jovens aristocratas.

Nascido na Inglaterra, William Dugood, conhecido também como Guilherme Dugood, foi artista, ourives e cientista. Trabalhou por sessenta anos na corte de Portugal. Na cidade de Lisboa, fundou a primeira loja maçônica do país entre 1727 e 1728.

Seu mentor, o único vampiro que conhecera até então, prevenira-o várias vezes para não dormir em cemitérios:

Somos mortos-vivos. Devemos atentar mais ao nosso lado "vivo". — Dizia ele.

Vicente estava se afundando numa melancolia paralisante. Tinha uma noite pela frente e não sabia o que fazer com ela.

As moscas passeavam em bandos alegres pelo seu rosto, entravam curiosas nas cavernas das narinas, brincavam de pular da ponta do nariz para a boca; famílias inteiras faziam excursões animadas ao labirinto das orelhas, saltavam do trampolim das pestanas, desbravavam a floresta de cabelos.

Todos tinham amigos e se divertiam. Todos tinham uma família. Menos ele.

Quem era ele? O que sabia sobre seu passado até então? Com seis meses de idade perdera o pai e a mãe no terremoto que arrasara Lisboa em 1755. O terremoto havia exterminado famílias inteiras e destruído todos os registros, fazendo com que milhares de crianças crescessem desconhecendo completamente seus pais, irmãos e parentes.

Fora mordido ainda bebê por um vampiro maluco, chamado Raimundo Pascoal, que queria ter um filho — esquecendo que, como vampiro, Vicente seria um bebê para sempre. Por sorte não houve a transformação, e ele pôde crescer, e estudar, e desenvolver seus dons como desenhista, pintor e gravador. Foi criado por pais adotivos, com os quais morou até os 20 anos, quando, na cama, uma prostituta reconheceu a tatuagem de peixe que ele tinha na nádega esquerda: era idêntica à de um outro rapaz, chamado Antônio — da mesma idade e exatamente igual a ele —, que vivia como soldado na fortaleza de Bragança, ao norte de Portugal, na fronteira com a Espanha.

A possibilidade de ter um irmão gêmeo fez ele largar tudo, pais adotivos, estudos no Colégio dos Nobres, o trabalho no ateliê de gravura e aquarela de Guilherme Dugood, e partir atrás de Antônio.

Às vésperas do Natal de 1775, nas serras geladas de Trás-os-Montes, a poucos quilômetros da fortaleza de Bragança, foi atacado por bandidos que o roubaram e lhe abriram a barriga com um golpe de faca, para que o sangue atraísse os lobos famintos e estes dessem sumiço ao corpo. Vicente perdeu a consciência e, quando despertou, havia virado um vampiro!

Um outro vampiro estava a seu lado. O mentor. Ele explicou a Vicente que a iminência da morte havia feito com que o sangue de Raimundo Pascoal, injetado em seu corpo quando bebê, afinal o transformasse em vampiro, cicatrizasse o corte profundo na barriga e o salvasse.

O mentor então lhe contou sobre seu pai e sua mãe, sobre o mundo dos vampiros e sobre seu irmão. Seus pais tinham sido peixeiros, com uma barraca na Praça do Peixe, no bairro da Ribeira. Raimundo Pascoal, seu pai-vampiro, também havia sucumbido com o terremoto, quando uma fenda na terra expusera seu corpo ao sol. E Antônio era mesmo seu irmão gêmeo.

Vicente continuou em busca do irmão. O mentor o acompanhou. Ao chegarem ao forte, descobriram que Antônio havia matado dois homens e fugido para o Brasil, para trabalhar nas plantações de tabaco em Pernambuco.

Voltaram a Lisboa. Dois meses depois Vicente partiu para o Brasil. Precisava encontrar o irmão.

Era inexperiente como vampiro. Meteu-se em confusão já no navio que o trouxe para cá. Viveu como bicho nas florestas que cercavam o Rio de Janeiro. Foi salvo pelo mentor, que veio atrás dele.

O século XVIII estava terminando, o iluminismo e os ideais republicanos arrebatavam a juventude. Vicente entrou de cabeça na política, tornou-se um conspirador e acabou participando dos movimentos revolucionários contra Portugal e a monarquia absolutista. Foi amigo de Tiradentes, que acabou traído, enforcado e esquartejado. Teve de fugir para o Nordeste com seu mentor. Em 1798 envolveu-se na Revolta dos Alfaiates, em Salvador. Acabou amigo dos líderes revolucionários. E todos foram traí-

O iluminismo foi um movimento intelectual europeu dos séculos XVII e XVIII. Pregava o uso da razão para alcançar o conhecimento e superar os entraves religiosos e arcaicos da sociedade. Teve ecos na arte, na filosofia e na política. Neste âmbito, instigou a oposição à monarquia absolutista, que dava ao rei plenos poderes para governar sem prestar contas, e ao sistema do colonialismo. Após o movimento de emancipação das 13 colônias inglesas na América do Norte, que se tornaram uma república (os Estados Unidos) em 1776, houve uma onda de divulgação e agitação de diversas outras colônias em torno da independência e dos ideais republicanos (como foi o caso do Brasil).

A Inconfidência Mineira foi um movimento emancipacionista duramente reprimido em 1789 com prisões e a execução de Tiradentes (1746-1792), um de seus líderes. O mesmo destino trágico também foi reservado aos quatro líderes da Conjuração Baiana, em Salvador, que contou com uma participação popular maior. Este movimento também foi denominado Revolta dos Alfaiates (seus líderes exerciam este ofício).

dos, enforcados, degolados, esquartejados... A luta pelo poder entre os humanos o aterrorizou. Era suja, traiçoeira, sanguinária... Barra-pesada demais, mesmo para um vampiro! Ele procurou se afastar da política.

Sua existência até ali tinha sido uma sucessão de perdas. Pais, pais adotivos, pai-vampiro, irmão gêmeo, amigos revolucionários... O próprio mentor o havia abandonado nos arredores de Salvador, em 1799, deixando um punhado de diamantes e uma carta, aconselhando-o a se virar sozinho, caso quisesse se tornar um adulto algum dia.

Quero você um idealista, mas não mimado. Quero você um herói, mas esperto.

Precisou mais ainda ir atrás de Antônio. Um laço que o prendesse à vida, um traço que fosse de seu passado, para sentir que existia, que estava ligado a alguma coisa, ou alguém. De Salvador partiu em direção a Pernambuco, disposto a encontrar o irmão nas plantações de tabaco.

Procurou-o durante 15 anos. Esteve em todas as vilas do sertão e do litoral, dormiu em todos os cemitérios, atravessou todas as fazendas. Abaixou as calças para centenas de prostitutas perguntando se haviam visto um homem com uma tatuagem de peixe igual à sua.

Vicente teria 20 anos para sempre, mas Antônio envelhecera. Agora estaria com 60. Cada homem branco que cruzava seu caminho Vicente analisava, tentando ver-se em algum gesto, no tom de voz, no jeito de sorrir ou de andar. Durante uma década e meia procurou a si mesmo no futuro, uma versão dele mais velho.

Não encontrou o irmão gêmeo. Nem uma pista.

Desistiu.

Já passara por Recife algumas vezes. Agora voltava, sem objetivo, apenas por não ter para onde ir. Aquela noite enluarada começava, e ele decidiu afinal desistir também de si próprio. Que se danasse!

A lua cheia assanhava as corujas. Nos manguezais próximos, os sapos coaxavam como loucos. Pensou nos caranguejos vivendo na lama, nas ostras grudadas toda a vida num pedaço de pau torto, nos vermes crescendo no esterco. Existências miseráveis como a dele. Por que viviam? Não queria mais fazer parte daquilo.

Sentiu uma poeira grossa cair em seu rosto e ouviu um ruído na tampa do caixão. Ratos, na certa. Muito bem. Os ratos chegaram. Eles podiam destruir seu corpo. Roê-lo até que desaparecesse. Ratos são determinados, sabem o que querem, não são tontos como as baratas. Mais poeira caiu. Um estalo seco.

A tampa do caixão se abriu!

Vicente estendeu as mãos e agarrou o homem. O sujeito não deu sequer um grito: os olhos muito abertos de pavor, o pescoço bem preso em suas mãos, prestes a partir. Puxou-o e cravou-lhe os dentes na jugular.

Havia muito tempo não chupava sangue humano. Não gostava de fazer isso. Era um de seus problemas como vampiro. Tirar vidas humanas com o único intuito egoísta de saciar sua sede lhe parecia uma injustiça, não combinava com suas convicções iluministas. Mas aquele ali tinha caído em suas garras. Seria um desperdício... tão gostoso, tão diferente do sangue dos outros animais...

A movimentação fez as moscas se afastarem, contrariadas.

O homem se debateu um pouco, mas logo o corpo amoleceu igual a uma bola esvaziando e, como sempre acontecia, com o sangue da vítima vieram imagens de seu passado e frases soltas de seus pensamentos. Assim, Vicente soube que se tratava de um ladrão de túmulos, um bandido pobre e miserável que vivia de roubar pequenas joias, roupas e sapatos dos defuntos para revender nas feiras.

O sujeito se enganara de cadáver. No dia anterior, na tumba ao lado, fora enterrado um comerciante inglês muito rico — um homem tão mau e arrogante que tinham dado muitas voltas com o caixão para confundir sua alma e evitar que ela voltasse. Confundiram também o ladrão.

O sangue humano animou Vicente. Saiu do caixão e olhou aquele corpo morto a seus pés. Se todos, desde a traça mais estúpida, pendurada atrás de um quadro, só comendo poeira, ao homem mais sábio, estudando as leis do universo, criavam maneiras de continuar vivendo, se todos os animais encontravam o que fazer, nem que fosse roubar defuntos em cemitérios, ele também podia inventar algo para continuar existindo. Não devia ser tão difícil.

Jogou o cadáver dentro do caixão, tornou a colocar a tampa e a cobrir tudo com terra, e saiu finalmente para a bela noite enluarada.

Seu mentor estava certo.

A vida é um dom precioso, porque sem ela se está morto. Ninguém garante que isso é melhor.

A campanha republicana, a independência do Brasil, as conspirações, a luta política... Não, não queria voltar a viver os dramas e as desilusões do passado. Mas podia voltar a pintar aquarelas, por exemplo. Isso sempre o animava. Era um artista. Estudara desenho, pintura, gravura... Todos os que tinham visto seus trabalhos haviam-no elogiado muito. O mentor sempre o aconselhara a desenvolver seu dom.

Você é um artista. Artistas não podem fugir do que os anima.

Pronto, estava decidido: à arte!

Vestir roupas novas. Sim, esse era o primeiro passo. Estava sujo, amarrotado, com cheiro de defunto. Em sua cabeça começaram a surgir vários planos. Já até sabia onde ia montar o ateliê.

Sentia-se eufórico! Cheio de energia! Pleno como a lua no céu!

Precisava chupar pescoços humanos com mais frequência.

Caminhou até o rio Beberibe, despiu-se e mergulhou. A água estava deliciosa. Transformou-se em peixe, um badejo pequeno, e se deixou levar pela correnteza até o mar.

Vampiros normalmente viram morcegos. Vicente virava peixe. Qualquer tipo de peixe. Não sabia bem por que nem como fazia aquilo. Para o mentor, o motivo era a presença do peixe como um símbolo em sua vida: os pais peixeiros, a tatuagem de peixe na nádega, a mania de desenhar peixes...

Deu sorte. Encontrou logo uma água-viva. Gostava de seres duplos, de nomes compostos. Era um morto-vivo. Ficou de frente para ela, deixando-se levar pelo movimento hipnótico, os pensamentos se diluindo...

Existir era mesmo maravilhoso. Havia muito tempo não se sentia tão feliz. E pensar que despertara aquela noite querendo se matar... Lembrou-se de seu mentor:

Rapaz, você vira do avesso mais fácil que uma meia.

VILA de RECIFE e ARREDORES
MANGUEZAIS
BEBERIBE
OLINDA
CEMITÉRIO DOS INGLESES
SANTO AMARO
CRUZ DO PATRÃO
CAIS
FORTE DO BRUM
PALÁCIO DO GOVERNADOR
ERMIDA DO CORPO SANTO
BOA VISTA
RUA DA CRUZ
RECIFE
MARCO ZERO
IGREJA DO SACRAMENTO
ALFÂNDEGA
CAPIBARIBE
SANTO ANTÔNIO
ARRECIFES DE CORAIS
OCEANO ATLÂNTICO
AFOGADOS

2

Capítulo

Tal ninho, tal passarinho.

Costumava nadar como badejo entre as três ilhas que formavam a vila do Recife, Boa Vista, Santo Antônio e Recife, no estuário dos dois grandes rios, o Capibaribe e o Beberibe. A baía larga tinha águas calmas, protegidas pela barreira de arrecifes alinhada à costa.

Naquela noite, depois de relaxar acompanhando os movimentos da água-viva, enfiou-se entre os navios atracados no cais da ilha do Recife, voltou à forma humana, subiu ao convés de um deles, escalando pela corda da âncora, e tratou de roubar algumas roupas.

Atravessou o ancoradouro, foi em frente, até a ermida do Corpo Santo, dobrou à direita e seguiu pela rua da Cruz, em direção à capela do Senhor Bom Jesus. A lua cheia prateava o calçamento de pedras irregulares e se refletia nas paredes caiadas dos sobrados.

Ali, na rua da Cruz, ele montaria um ateliê de aquarela.

Há quanto tempo não pintava! Quinze anos perdidos vasculhando os sertões atrás de um irmão gêmeo que não deixara nem traços de sua existência.

Em sua última passagem pela ilha do Recife ficara impressionado por um sobrado muito alto, com uma placa na porta indicando que estava para alugar.

Aquelas construções junto ao ancoradouro eram as mais antigas da ilha. Haviam sido erguidas pelos holandeses da Companhia das Índias Ocidentais que invadiram Pernambuco em 1630. Estavam interessados em controlar o comércio de açúcar

Na página anterior:
O primeiro núcleo urbano da vila do Recife nasceu ao redor do porto e ocupava um conjunto de pequenas ilhas, que haviam se formado com os sedimentos carregados pelos rios Capibaribe e Beberibe e pelo mar. As principais são as ilhas do Recife (hoje Recife Antigo) e de Antônio Vaz, onde fica o bairro de Santo Antônio. Em meados do século XVIII, na margem esquerda do Capibaribe, foi construída por meio de aterro uma ilha artificial, a Boa Vista.

Na página anterior:
A Companhia das Índias Ocidentais, fundada em 1621, foi uma empresa de mercadores que recebeu dos Países Baixos o monopólio do comércio com as colônias ocidentais. Além de negociar na África Ocidental e nas Américas, desafiando portugueses e espanhóis, a Companhia tinha por objetivo conquistar novos territórios. Em 1630, os holandeses conseguiram invadir Olinda e Recife, onde permaneceram por 24 anos.

da capitania mais rica do Brasil, e ficaram ali por 24 anos, até serem expulsos. Sofrendo o cerco constante das guerrilhas dos pernambucanos, comprimidos naquela pequena ilha, não podendo expandir-se horizontalmente, foram subindo três, quatro, até cinco andares, criando os sobrados mais altos do continente americano.

O térreo quase sempre era usado para comércio ou alojamento de negros; o segundo andar, para armazém e escritório; o terceiro e o quarto, como residência; o quinto, para que o calor do fogo fosse levado pelas brisas constantes do mar, como cozinha. Alguns ainda tinham um grande sótão.

De dia, ali na rua da Cruz, funcionava o principal mercado de escravos da vila. Assim que chegavam da África eram levados para Santo Amaro e lá obedeciam a uma quarentena para evitar a propagação de epidemias, como a varíola. Depois eram trazidos para o meio da rua da Cruz e ficavam expostos, à espera de compradores. Duzentos a trezentos negros, todos os dias, espalhados pelo calçamento, sentados, deitados, homens e mulheres vestidos apenas com tiras de pano azul, cozinhando feijão e pirão de farinha, comendo banana e exalando um cheiro insuportável. À noite eram trancados nos térreos dos sobrados. No dia seguinte voltavam para o meio da rua. Poucos dias nessa situação miserável e já eles mesmos se ofereciam aos seus compradores, que examinavam a pele, arregaçavam beiços e escarafunchavam bocas atrás de feridas e dentes podres que barateassem o preço.

Uns, é claro, morriam. Então, por ainda serem pagãos, a Igreja não ligava que fossem jogados na lama, no caminho que levava à Olinda, junto à Cruz do Patrão. Com o movimento das marés alguns pedaços reapareciam e eram comidos pelos cães.

Àquela hora da madrugada, no entanto, tudo estava em silêncio. A altura dos sobrados impedia o luar. Vicente avançava na escuridão. Não havia iluminação pública. Quem quisesse se aventurar pelas ruas à noite devia levar o próprio lampião. Os sapos nos manguezais distantes pareciam chorar como crianças. As mães assustavam seus filhos travessos dizendo que aquele choro era de menino que a cabra-cabriola tinha arrastado para o mato, para devorar. A cabra-cabriola botava fogo pela boca, pelos olhos e pelas narinas, e entrava nas casas para levar os meninos malcriados.

Recife era uma cidade mal-assombrada. O passado a atormentava. Os mortos não a deixavam em paz. Gritos de negros açoitados até a morte ecoavam entre os prédios à noite. Exus gargalhavam nas encruzilhadas. Um coro de gemidos envolvia a Cruz do Patrão nas noites de lua cheia. Mulheres amantes de padres deixavam as cabeças na cama e, transformadas em mulas sem cabeça, escoiceavam pelas ruas desertas nas madrugadas escuras. Almas penadas e espíritos infernais perseguiam os incautos no caminho para Olinda. As noites eram povoadas por queixadas, cães com olhos de fogo, quibungos, encourados... Bodes vermelhos, fedendo a enxofre, recém-saídos do inferno, cruzavam as estradas. Às sextas-feiras, nas sombras, ouvia-se o bater de orelhas enormes e, em seguida, surgia um lobisomem coberto de lama, com as garras e os dentes afiados. Combatentes mortos nas lutas contra os invasores holandeses voltavam como luzes misteriosas e dançavam à noite no morro do Arraial. Espíritos arrastavam mulheres para o fundo do Capibaribe. As almas dos afogados e suicidas boiavam em volta das ilhas, caminhavam pelas pontes. Às vezes, nas terras perto da Casa Forte, passava a galope um general holandês morto em batalha, com a lança em riste, cabelos ruivos até os ombros, vestido de ouro e veludo. Os defuntos continuavam arrastando os chinelos de couro pelos longos corredores das casas nas fazendas, subindo as escadarias dos sobrados nas cidades.

Vicente ia tirar proveito disso.

Lá estava o sobrado, com o grande portão em arco incrustado na grossa parede branca descascada do térreo. E a placa: “Aluga-se”. Para dificultar invasões, haviam

Figuras comuns do folclore brasileiro, as queixadas são uma espécie real de porcos-do-mato com dentes afiados que aparecem nas lendas do Curupira e são cavalgadas por ele; já o quibungo é um tipo de bicho-papão negro, uma criatura meio homem, meio animal, com uma enorme boca nas costas, onde joga as crianças rebeldes que captura; o encourado é um homem de hábitos noturnos, com roupas de couro preto, que suga o sangue de humanos e pequenos animais: só entra nas casas quando é convidado, algo que sempre consegue devido à sua esperteza.

pregado tábuas transversais ao portão, coberto de poeira e da fuligem dos fogareiros que os escravos levavam para aquele local nos dias de chuva.

Cinco andares. E um sótão.

A fachada era estreita, comprimida entre dois outros sobrados mais largos, de apenas três andares. Perfeito. Sem vizinhos lá no alto. Em cada andar, apenas duas janelas, também pregadas. Na janela da direita do quarto andar, uma das bandas podres oscilava ao sabor do vento marinho.

Em vários pontos da fachada, o reboco caíra, deixando à mostra os travessões de madeira, como ossos expostos de uma carcaça de baleia. A cal não renovada, lavada por décadas de chuvas, resistia ainda numa pátina cinzenta, com manchas esverdeadas de fungos à medida que se aproximava da calçada.

Vicente olhou para a placa, lembrando-se de seu mentor.

Em países supersticiosos você sabe quando uma casa é mal-assombrada pelo estado da placa de aluguel. Quando está amarelada, suja, quase podre, é porque ninguém quer alugar com medo de fantasma.

Naquela já quase nem se conseguia distinguir as letras.

Ali "vivia" o fantasma de uma judia dos tempos dos holandeses. Certas noites ela aparecia na janela aberta do quarto andar, branca como um ovo. Em outras, viam um ponto de luz saindo de entre as telhas do sótão. Vizinhos juravam ouvir pratos quebrando, choros e móveis sendo arrastados.

Olhou para os lados, tomou impulso, pulou e entrou pela janela direita do quarto andar.

Vampiros podem praticamente ver no escuro. Tábuas do piso podres, roídas por cupins. As finas divisórias de estuque tinham buracos enormes e grandes pedaços desabados. Uma grossa viga cruzava o teto de um lado a outro. No canto esquerdo, ao fundo, uma escada de madeira atravessava os pavimentos. A parte da escada que levava aos andares inferiores não existia mais. Apodrecera e despencara, levando todos os degraus inferiores, amontoando tudo numa grande pilha no térreo.

Ótimo. Do quarto andar para cima o sobrado estava inacessível aos humanos.

Subiu a escada. O madeirame rangia a cada passo, mas aguentou seu peso.

O quinto andar o surpreendeu.

Da antiga cozinha restavam ainda a bancada de madeira da pia, velhos tachos de ferro empilhados num canto, restos de um balde rachado e um pilão carcomido. Na parede oposta à fachada que dava para a rua, um fogão à lenha, de barro, com uma grelha corroída pela ferrugem como se tivesse passado o último século no fundo do oceano. Ao lado, uma janela larga, fechada por dentro com uma aldrava de ferro. Vicente a soltou. As duas bandas de madeira ainda abriam e fechavam. Sob a intensa claridade do luar, avistou o Capibaribe, a linha dos arrecifes e o Atlântico. À esquerda, a fortaleza do Brum e, bem ao fundo, no alto da colina, a vila de Olinda. Embaixo, nos fundos do sobrado, um quintal com mato alto, cercado por um muro de pedras coberto de musgo. Muito bom. Poderia entrar e sair por ali. Seria mais seguro.

O caminho até o sótão era uma escada estreita, quase vertical, que partia do canto oposto ao fogão. Vicente subiu com cautela. Um bando de morcegos acuados agitou-se e desceu para a cozinha, e de lá para o quarto andar, e continuou pelo buraco da escada desabada até o térreo.

Ao chegar à capitania de Pernambuco, da qual foi o primeiro donatário, o fidalgo português Duarte Coelho (1485--1554) escolheu um terreno com muitas ladeiras e uma linda vista do mar para fundar um povoado. A vila de Olinda nascia ali, em 1535, e foi sede da capitania até ser incendiada pelos holandeses, que transferiram a capital para Recife. Em 1654, com a expulsão dos holandeses, Olinda reassumiu o antigo posto. Mas o movimentado porto de Recife atraía mais gente e mais dinheiro, e foi definitivamente designado como capital.

Havia um único objeto no sótão, uma grande arca de madeira, muito antiga, entalada na parte onde o telhado se encontrava com a parede da fachada frontal.

Alguns caibros e ripas podres precisavam ser trocados; telhas rachadas, substituídas. Imaginou como ficaria: a bancada de madeira sobre cavaletes, a estante para tintas, pincéis e livros, a cadeira de espaldar alto... Retiraria uma parte das telhas e faria uma claraboia de vidro. Pintaria à luz do luar.

Certas noites, em Recife, era possível ler com a luz da lua.

Ouviu um galo cantar. Precisava se recolher.

Podia abrir uma cova no térreo e se enterrar. Porém, seguindo um impulso, arrastou a velha arca pesada para o centro do sótão. O velho cadeado de ferro se desfez. Levantou a tampa. Restos amarelados de panos rendados, roídos por traças. O bolor exalava um perfume adocicado e áspero, como o de uma flor esquecida na gaveta. A madeira da arca era grossa e os cantos bem vedados. Entrou e deitou, abraçado aos joelhos, em posição fetal. Cabia.

Não era muito confortável, mas nas frestas entre as telhas já se desenhavam linhas alaranjadas. O sol estava despontando. Ergueu-se um pouco para fechar a tampa.

Do outro lado do sótão, ainda submerso na mais completa escuridão, um pequeno ponto de luz, do tamanho de um punho fechado, flutuou por instantes e depois afundou no buraco da escada que ia dar na cozinha.

Elogiar é assoprar vaidade.

3

Capítulo

Dormir na posição fetal o fez sair renascido da arca na noite seguinte.

Nas primeiras semanas foi "às compras". Entrou nas lojas pelos telhados, rápido e silencioso como um vampiro, levando tudo que precisava: telhas, tábuas, caibros, ripas, material de limpeza, vernizes, alcatrão para calafetar as frestas do chão e do teto, cal, um pequeno armário, um caixão novo (estofado, confortável e bem vedado), potes, dois bancos, velas, castiçais, lamparinas, grandes placas de vidro, etc.

Depois meteu mãos à obra: trocou telhas e o madeirame podre; forrou o teto com tábuas e calafetou as frestas; limpou a craca de morcego e rato das paredes e do chão; fez estantes, dois cavaletes e uma mesa comprida. Envernizou tudo. Caiou as paredes.

Estendeu a reforma ao andar de baixo. Limpou, tapou todas as frestas que davam para a rua, reforçou o piso e a escada que levava ao sótão. Esfregou o chão com sabão e água quente, areou o balde rachado, os velhos tachos e as aldravas da janela, escovou a fuligem em torno do fogão e raspou obsessivamente a ferrugem centenária da grelha.

Os vidros, que começaram a chegar ao Brasil sete anos antes, trazidos pelos comerciantes ingleses com a vinda de dom João VI e a corte portuguesa, serviriam para Vicente realizar um projeto antigo: ter um ateliê igual ao do seu professor de desenho em Lisboa, o inglês Guilherme Dugood. Numa espaçosa água-furtada, Dugood substituíra metade do telhado

Fugindo do exército de Napoleão Bonaparte, dom João VI (1767--1826) e sua corte deixaram Portugal e se transferiram para o Rio de Janeiro, escoltados pela esquadra da Inglaterra, país com o qual o rei assinou uma série de tratados. O mais importante foi o Tratado de Comércio e Navegação, de 1810, que estabelecia uma balança comercial desfavorável para Portugal: enquanto os produtos portugueses precisariam pagar um imposto de 16% para entrar em terras inglesas, os produtos ingleses seriam taxados em apenas 15%.

A Revolução Industrial nasceu com o desenvolvimento da indústria fabril inglesa, na segunda metade do século XVIII, devido principalmente a invenções como o motor a vapor. Foi o início da era da produção em série e da difusão de novas relações de trabalho, inaugurando o capitalismo moderno.

Os pianos Broadwoods começaram a ser fabricados na Inglaterra no século XVIII e logo caíram no gosto da nobreza e de músicos como Mozart e Beethoven. Traziam inovações típicas da Revolução Industrial, como o aço de alta qualidade para as cordas.

por grandes placas de vidro fosco, trazendo para o espaço uma luminosidade leitosa e vibrante.

Para sua claraboia, Vicente optou por vidro transparente. Só pintaria à noite, então precisaria de toda a luz da lua que pudesse captar. Substituiu a parte central da cumeeira por placas de vidro, num ângulo em que não pudessem ser vistas da rua.

Ateliê pronto, tratou do material de desenho.

Recife tinha de tudo. Depois de Rio de Janeiro e Salvador, era a terceira província mais importante. Em relação ao comércio com a Inglaterra, talvez fosse a número um, principalmente depois do tratado de 1810, quando o Brasil se transformou, de fato, num protetorado britânico. Era do porto de Recife que saíam as toneladas de algodão para abastecer de matéria-prima a poderosa indústria têxtil da Grã-Bretanha.

Primeiro a abertura dos portos e a instalação da corte no Rio de Janeiro, depois os tratados de comércio... Tudo incentivou a chegada dos comerciantes ingleses, com seus navios abarrotados de produtos gerados pela Revolução Industrial. Foi uma festa. A produção em grande escala barateava os preços, e as elites nativas começaram a ter acesso aos artigos que antes só os nobres podiam comprar. Passaram do algodão rústico, das botas e dos bastões de pau aos tecidos finos de Manchester, aos calções de seda, aos sapatos de fivela de prata, às bengalas com cabo de ouro, e até aos lacinhos para cabelo masculino.

As mulheres se esbaldaram com as novidades do vestuário e estenderam as compras ao lar, enchendo a casa de louças finas, panos rendados, móveis, pianos Broadwoods e tapetes, além de adornarem seus escravos domésticos com gangas coloridas, amarelas, azuis, roxas e penachos nos chapéus. Trocavam as gelosias por vidros, para poder ver a rua e para que os passantes olhassem para dentro de suas casas enfeitadas. Procuravam imitar a maneira britânica de viver. Comiam *roast beefs* tão sangrentos que podiam alimentar um vampiro. Exigiam dos maridos uma casa de campo, lotando os antigos terrenos baldios de bairros afastados, como

Poço da Panela, Monteiro e Casa Forte, com "residências de verão" num lugar onde era verão o ano inteiro.

Vicente, durante as viagens em busca do irmão gêmeo, a todo momento esbarrava com estrangeiros pelas veredas do sertão, na maioria comerciantes. A Revolução Industrial precisava criar consumidores novos, em todas as partes do planeta.

Entre esses viajantes havia uma classe mais sofisticada, a de pesquisadores, com habilidades para o desenho e a escrita, interessados em anotar o que viam sobre a sociedade, a cultura, a qualidade da terra, a flora e a fauna. Eles produziam narrativas, desenhos e aquarelas, que viravam livros, impressos em vários países da Europa, onde existia um grande grupo de leitores interessados por povos e costumes exóticos. Um desses viajantes foi o inglês Henry Koster, que Vicente encontrou pela primeira vez em 1810, no caminho que levava à Paraíba; reencontrou-o no começo de 1811, no Recife; depois, em dezembro, cruzaram-se no interior de Pernambuco; e agora ficara sabendo que ele havia comprado o engenho Amparo, na ilha de Itamaracá.

Filho de ingleses, nascido em Lisboa, Henry Koster (1793-1820) desembarcou em Recife, no ano de 1809, em busca de um clima que pudesse curar sua tuberculose. Foi senhor de engenho e viajou muito: Paraíba, Ceará, Maranhão e sertão pernambucano. Durante as viagens, anotava tudo o que via, os usos e os costumes locais. Após retornar à Inglaterra, publicou o livro *Viagens ao nordeste do Brasil*.

Henry Koster, que o povo chamava de Henrique Costa, tinha 31 anos, falava português fluentemente, anotava tudo e se arriscava no desenho, o que atraiu a atenção de Vicente. Não chegaram a ser amigos. É difícil para um vampiro manter a amizade com um mortal, já que não pode encontrá-lo durante o dia. Mas ambos compartilharam e trocaram impressões sobre esboços de desenhos ao redor de fogueiras, sob o luar do sertão.

Dentre as inúmeras mercadorias que chegavam ao porto estavam os materiais de desenho para abastecer esses viajantes estrangeiros, e não foi difícil para Vicente conseguir ótimas folhas para aquarela, tintas e pincéis de qualidade.

Incomodava-o o fato de ter de roubar tudo que precisava, mas o que fazer se as lojas não abriam à noite?

Para inaugurar seu ateliê, fez um arranjo com cajus, abacaxis, maracujás, pequis, graviolas e mangabas; colocou-o numa mesa, sob a claraboia, e pintou uma aquarela.

Segundo a mitologia grega, Zeus decidiu criar divindades que perpetuassem sua vitória sobre os Titãs. Teve então nove filhas com Mnemósine, deusa da memória. Cada uma delas, as musas, seria a inspiradora de uma arte ou ciência: Calíope está relacionada à eloquência; Clio à história; Erato à poesia lírica; Euterpe à música; Melpômene à tragédia; Polímnia aos hinos sagrados; Tália à comédia; Terpsícore à dança e Urânia à astronomia.

A lua cheia prateando as superfícies das frutas criava um volume denso e estranho, ao mesmo tempo duro e abstrato. A ausência de cor — as gradações de cinza — levava as frutas a um outro mundo, algum lugar entre a morte e a vida.

Com a luz do sol não conseguiria aquele efeito. As cores eram adereços da vida. O dia era a existência. O sol trazia os objetos à realidade; a lua os devolvia aos sonhos. A noite era o mistério. *E no mistério está a beleza*, como escrevera o mentor.

Espetou a aquarela na parede e a analisou. Era uma expressão da fresta entre os dois mundos em que vivia. Uma natureza-morta feita por um morto-vivo. Nomes compostos. Nem natureza, nem morta.

A arte guiaria sua vida. Não se meteria mais em revoluções políticas, como tinha feito no passado. Nem se deixaria levar pela obsessão de procurar seu irmão gêmeo carnal.

Voltou ao trabalho. Agora um pequeno peixe vermelho, uma piraúna, sobre uma tábua. O luar banhou as escamas e levou a piraúna para uma zona fantasma, arrastando Vicente. A concentração absoluta logo o envolveu no fluxo da criação.

Em pleno transe, sentiu como se o estivessem vendo pintar por cima do ombro direito. O perfume adocicado. Uma presença. Carinhosa. Feminina. Acabou pintando para "ela", a admiradora invisível. Seria uma musa? Uma das nove filhas de Zeus com Mnemósine, que inspiravam as artes? O que uma delas estaria fazendo em Recife, tão longe de casa?

Sentiu a mão delicada pousar em seu ombro; um corpo leve debruçando-se para ver melhor. Assustou-se e olhou para trás. Nada. Só o canto do sótão mergulhado na escuridão, e um vaga-lume enorme, flutuando numa intermitência tranquila, filosófica.

Aquele sótão o amparava, acolhia, confortava. Isso não era pouco, depois de tanto tempo perdido, vagando pelos sertões, dormindo em cemitérios, partilhando caixões usados com carcaças fétidas e desconhecidas.

Finalmente, sentia-se “em casa”.

Não deixaria nada nem ninguém ameaçar aquela paz.

Levantou, desceu até o quarto andar, levando a bandeja com as frutas e o peixe, e os jogou pelo vão das escadas desabadas até o térreo. Ouviu a agitação dos ratos e dos morcegos disputando os alimentos.

Depois, numa estante improvisada encostada na parede dos fundos, pegou um pouco de enxofre, três pratos de louça e um comprido lençol branco. Primeiro ele jogou os pratos com força contra a parede, um atrás do outro, e o barulho ecoou pela rua da Cruz, cortando o profundo silêncio da noite. Depois, coberto pelo lençol, passou lentamente, duas vezes, em frente à janela aberta da direita. Por fim, jogou lá do alto um punhado de enxofre.

Pronto. Repetindo aquela rotina, de preferência nas noites de lua cheia, manteria a crença no fantasma daquele sobrado, e a placa de “Aluga-se” lá no térreo.

Escutou um galo cantar. Voltou ao sótão. Uma luminosidade leitosa, alaranjada, já começava a recobrir os vidros da claraboia. Abriu o caixão e deitou-se. Antes de fechar a tampa, viu uma estranha bola de luz passar sobre a mesa de desenho e flutuar por instantes sobre a arca, que permanecia no canto mais afastado do ateliê. A bola de luz tinha um palmo de diâmetro e não piscava como os vaga-lumes, mas pulsava num ritmo constante de contração e expansão, como uma respiração, como os movimentos de uma água-viva. Num deslocamento súbito, atravessou a tampa de madeira e entrou na arca.

Vicente esfregou os olhos. Passara tantas horas olhando para a lua e para as formas arredondadas das frutas que uma circunferência brilhante devia ter ficado impressa em suas retinas.

Nas noites seguintes saiu para fazer esboços de Recife. Pulava da janela dos fundos do quinto andar, com um lápis e um caderno escondidos sob o comprido sobretudo preto, e perambulava pelas ruas escuras e desertas ao redor. Seus cadernos iam se enchendo de esboços, mostrando a compulsão do artista a expressar o mundo que o cerca, atenção atraída por detalhes. Encostava-se em uma parede e desenhava um sobrado, um chafariz, a fachada de uma igreja, um vira-lata dormindo embaixo de uma carroça, uma barraca de peixe vazia, um banco de praça, o comprido e baixo prédio da alfândega, o da inspeção do açúcar, o café onde durante o dia se reuniam os negociantes portugueses, a igreja no caminho empedrado que levava à vila de Olinda, o mercado do algodão, as muralhas de pedra da fortaleza do Brum sobre o areal, os enormes navios de 400 toneladas amarrados aos cabos no porto do Poço...

Sua intenção era transformar aqueles esboços em aquarelas durante as noites sem lua, à luz das velas e lamparinas do ateliê.

Examinando o trabalho da primeira semana, logo notou uma característica comum a todos os desenhos: a ausência de vida humana. Todos feitos nas madrugadas, eram um retrato da solidão do vampiro. Portas fechadas, ruas desertas, barracas vazias, esquinas, praças, carruagens, portos... Tudo parado, congelado no tempo pelos traços do lápis no papel. Seu mundo era aquilo. Uma natureza-morta.

Aventurou-se pelos outros bairros, atravessando pontes.

A primeira, que levava a Santo Antônio, sobre um braço do rio Capibaribe, tinha a parte superior de madeira e as bases de pedra, formando arcos. Era comprida, e as pequenas lojas de ambos os lados a tornavam muito estreita. Nas duas extremidades havia pequenas capelas. Vicente a desenhou de vários ângulos.

Do outro lado, em Santo Antônio, fez esboços das ruas largas, do Palácio do Governador, da Casa da Câmara e do Erário, do convento dos carmelitas e da igreja do Sacramento.

Algumas noites depois atravessou a segunda ponte, que levava ao bairro da Boa Vista. Essa era toda de madeira e também estreita. Desenhou as ruas de barro e areia, as casas baixas, entre terrenos baldios, o longo dique ao sul, para conter as águas do Capibaribe, os manguezais do Beberibe...

Encostado à amurada da ponte da Boa Vista, numa noite de céu estrelado, alta madrugada, Vicente reproduzia no papel o pequeno barco boiando sob a luz quase azulada de um quarto crescente, quando ouviu o barulho dos cascos no madeirame.

No conjunto formado pelas três ilhas viviam pouco mais de 25 mil pessoas, a maioria mulatos e escravos. Todos se recolhiam cedo. A não ser em algumas poucas ruas de prostituição, as noites eram desertas e escuras. E perigosas. Vicente já se habituara a vagar noites e noites sem encontrar ninguém, por isso relaxara a atenção. Quando percebeu os três cavalos se aproximando, era tarde demais. Ficou tão confuso que não lembrou nem de esconder o caderno e o lápis. Estava no meio da ponte. Correr para o outro lado pareceria fugir. Esperou.

Os três homens vinham com pressa. Talvez passassem direto. Traziam os chapéus enterrados na cabeça, mas era fácil notar que o

primeiro era branco e rico, pelas roupas vistosas e pela sela de marroquim, veludo verde bordado e cravos de prata. Um senhor de engenho. Pouco atrás vinham seus capatazes, dois negros que não faziam questão de esconder os trabucos bocas de sino atravessados sobre o colo e os longos facões balançando, presos à cintura.

O homem diminuiu a marcha de seu cavalo ao se aproximar de Vicente, com a mão esquerda na rédea e a direita no cabo da garrucha. Então parou e levantou o chapéu:

— Ora se não é meu amigo Vicente!

— Henry Koster!?

— Sempre nos encontramos à noite! — O inglês saltou do cavalo e apertou sua mão com entusiasmo.

Não precisou do olfato aguçado de vampiro para perceber pelo bafo de Koster que ele estava bastante bêbado. Vinha de uma festa de despedida na casa de um amigo. Partiria em poucos dias de volta a Londres. Sem cerimônia, tirou o caderno das mãos de Vicente e foi virando as folhas e soltando exclamações de admiração.

Koster dava tapinhas em seu ombro, apontava detalhes dos esboços, elogiava a perspectiva, e com isso ia alargando cada vez mais o canal por onde a vaidade passava direto ao coração solitário de Vicente, que logo se viu inundado de um sentimento estranho, uma vontade de expor seu trabalho, de mostrá-lo aos outros, de ficar famoso!

E assim foi, deixando-se levar pela vaidade.

— Meu grande amigo, o padre João Ribeiro, precisa ver seus trabalhos. Ele é professor de desenho do renomado seminário de Olinda e pode abrir as portas de Pernambuco, e do mundo, para sua arte!

— De dia não posso... — Desculpou-se, sem ter uma justificativa preparada.

— Eu ia mesmo perguntar: por que só o encontro à noite? Vamos concordar que desenhar no escuro não é lá muito comum.

— Tenho um problema de visão e de pele que me impede de sair ao sol — improvisou.

— Ó, que lástima! O senhor é um albino?

— Sim.

Uma doença. Por que não havia pensado nisso antes?

— Pois é na limitação que o mestre se revela — pontificou Koster. — O senhor é um artista esplêndido, e estar impedido de pintar ao sol lhe dá um caráter e um estilo todo pessoal. Incomparável. Será a sua marca!

As pessoas extremamente solitárias são as mais suscetíveis aos elogios. E como os verdadeiros artistas são solitários...

Vicente acabou concordando com que Koster marcasse um encontro entre ele e o padre nas primeiras horas da noite seguinte, na porta de uma das capelas da ponte do Recife, onde o vampiro disse que estaria desenhando.

Antes de se despedir, o inglês mostrou a ele, "com a modéstia de um artista amador diante de um mestre consumado", um desenho seu, uma senhora em um palanquim sendo carregada por dois negros.

Com o peito estufado de amor-próprio, Vicente flutuou distraído até sua casa, pensando que não havia mal algum em mostrar seu trabalho, contanto que se manti-

O seminário de Olinda iniciou suas atividades em fevereiro de 1800, com a finalidade de oferecer educação — não apenas religiosa — aos jovens. Logo se tornou um ponto de divulgação das ideias liberais de filósofos iluministas.

vesse inacessível. Um pintor misterioso. Ninguém saberia onde era seu ateliê. Só apareceria à noite, para certos iniciados...

Ao entrar na rua da Cruz, com os pensamentos tão voltados para si mesmo que lhe provocavam antolhos, assustou-se com a voz que saiu da escuridão de uma reentrância na parede formada pelo portão de uma loja.

— O amigo tem uma moeda?

Um mendigo. Vicente deu-lhe uma moeda. O homem sorriu. Um cheiro de vinho vagabundo fermentado saía de sua boca desdentada. Estavam na calçada oposta, em frente ao sobrado. Já ia atravessar a rua quando o homem segurou seu braço.

— Não passe por baixo daquele prédio se não quer tomar um banho de enxofre.

Vicente ficou curioso para saber a quantas andavam os boatos sobre o fantasma da judia morta.

— Ela tem aparecido?

— Como não?! — disse o homem, apontando para o quarto andar e, com a mesma mão, se benzendo. — Tem estado muito ativa esses últimos tempos. Quebra pratos, anda pra lá e pra cá com a vela...

Vicente se afastou, sorrindo. Não estava certo um iluminista ficar alimentando superstições, mas a sobrevivência deveria vir antes da ideologia. Estava se tornando adulto. O mentor ia ficar satisfeito.

roçou-lhe o rosto
e provocou arrepios
por todo o corpo."

Livro de Jó (4:15)

O padre João Ribeiro era um sujeito muito entusiasmado.

Quando Vicente chegou à ponte do Recife, ele já o esperava, sentado nos degraus da capelinha. Quis logo ver seus desenhos:

— São maravilhosos! Que firmeza de traços! Olhe a sombra negra que se projeta dessa fachada... Meus Deus, é um abismo!

O padre parava em cada folha do caderno e a virava para todos os lados, sob a luz de uma pequena lamparina que pedira para Vicente segurar. Extasiava-se com as aquarelas já prontas que ele trouxera numa pasta. Elogiava muito tudo que via, com pareceres técnicos que acabaram de envaidecer completamente Vicente. Diante da primeira natureza-morta, o prato de frutas, chegou a gritar:

— Valei-me, Nossa Senhora! Essas frutas parecem estar num outro mundo!

— É o luar.

— Sim, Koster me falou dessa particularidade... ser albino. Você é mesmo bastante branco... Mas é tão grave assim? Conheci albinos que se protegiam do sol com chapéus e...

— Meu caso é gravíssimo. Ao menor contato com a luz solar, minha pele se cobre de bolhas e meus olhos lacrimejam até sangrarem. Se sair durante o dia, arrisco-me a ficar cego.

— Deus algumas vezes nos dá uma cruz pesada demais.

— A minha de fato é bem difícil de carregar, mas Ele a tornou mais leve dando-me, ao mesmo tempo, o dom da pintura.

— Louvado seja!

— E eu me sujeitei aos Seus desígnios com alegria. Trato a minha arte como uma missão. Se Ele arranjou as coisas dessa maneira, cabe a mim viver meu destino até o fim. Decidi não tentar nenhum artifício para usufruir a luz do dia. Troquei para sempre o sol pela lua. Só saio à noite, só pinto à noite.

— Suas palavras me emocionam. É uma das mais sublimes provas de obediência e respeito aos desígnios da Providência que já ouvi. E os resultados são essas aquarelas, as mais belas que... Olhe isso... e isso... São estranhas, parecem mostrar uma outra realidade e, ao mesmo tempo, são lindíssimas!

Vicente ficou muito contente consigo mesmo. Aquele monte de bobagens que acabara de dizer resolvia todos os seus problemas sociais.

Religioso, João Ribeiro era crédulo e inclinado a mistificações. Vicente se aproveitou disso para criar uma aura misteriosa em torno de si, recusando-se a dizer onde morava. O padre ficou fascinado. Era impulsivo também, e naquela mesma noite ofereceu trabalho ao vampiro.

— Além de professor de desenho do Seminário de Olinda, sou diretor do jardim botânico local. Este foi criado por uma carta-régia de 1798, mas só o instalaram há quatro anos.

Os jardins botânicos daquela época não tinham funções turísticas, estéticas nem ecológicas. Eram viveiros onde se aclimatavam plantas para a produção agrícola em larga escala. No Jardim Botânico de Olinda estava-se tentando adaptar ao clima e à terra do Nordeste as especiarias como a canela-de-ceilão, a pimenta-do-malabar, a noz-moscada-das-molucas e, principalmente, o algodoeiro-de-bourbon. O sucesso numa dessas empreitadas podia render muito dinheiro à Coroa e significar a ruína econômica de países distantes. Por esse motivo, a atividade era vigiada, protegida pelo Estado, e fazia surgirem os "traficantes de mudas".

João Ribeiro tinha intenções mais idealistas. Era um iluminista arrebatado e anticolonialista ferrenho. Queria a independência do Brasil, mas acreditava que não bastava uma revolução que cortasse os laços políticos e econômicos com Portugal: seria necessário também que os brasileiros se unissem num sentimento de pertencimento a uma pátria. E, para isso, precisavam conhecer o lugar onde viviam.

— Temos de estudar o Brasil! Formar nossos leitores, nossos agricultores, nossos homens de ciência, escritores, ilustradores. Precisamos fazer aqui o que fizeram os enciclopedistas franceses, Diderot e d'Alembert, por exemplo. Catalogar as informações, publicar, ensinar. Levar as Luzes ao povo! Continuar no Brasil o trabalho do frei Mariano Veloso nas publicações da tipografia do Arco do Cego de Lisboa.

O trabalho de Vicente seria retratar as plantas do Jardim Botânico de Olinda, a flora e a fauna nativas do sertão, as instalações de alguns engenhos de açúcar, os maquinários modernos para descaroçar algodão, adaptados às características das plantações locais, etc.

— Você vai começar pelo jardim botânico. Tenho bons desenhistas lá no seminário, e eu próprio não faço feio nessa área... mas seus trabalhos são superiores. Koster tinha razão. O fato de você ser obrigado a só usar tons de cinza tornou-o um mestre das sombras. Seus desenhos e aquarelas darão gravuras esplêndidas para a impressão tipográfica. Há muito tempo procuro um artista com as suas habilidades!

"Mestre das sombras"... Vicente saboreou aquele título em pensamento — e gostou muito.

— ... A arte tem de ter um sentido prático nesses novos tempos. Veja o papel importante que os enciclopedistas deram às ilustrações, a enorme quantidade de pranchas com imagens que permitem uma melhor compreensão das máquinas, dos animais e das plantas. As gravuras ajudam no entendimento e facilitam a aquisição de conhecimento.

"Sim... *Mestre das sombras*... Perfeito título para um vampiro..."

— Conhece o jornal *O Patriota*, publicado no Rio de Janeiro? Foi uma louvável tentativa de divulgação das ciências naturais e das coisas do Brasil. Infelizmente parou de ser publicado o ano passado. Meu grande mestre Arruda Câmara, um verdadeiro "agricultor ilustrado", publicou nele, há dois anos, uma série de artigos sobre

Os franceses Denis Diderot (1713-1784) e Jean le Rond d'Alembert (1717-1783) levaram 21 anos para organizar os 27 volumes da *Enciclopédia*, que supostamente abarcaria todo o conhecimento humano. Suas 16 mil páginas foram responsáveis por ajudar a divulgar a filosofia iluminista no mundo.

Botânico, professor de geometria e de história natural, frei Mariano Veloso (1741-1811), primo de Tiradentes, dedicou a vida a estudar as plantas e os meios de produção agrícola mais eficientes. Por três anos, foi editor da Casa Literária do Arco do Cego, uma tipografia em Lisboa. Ali, publicou ao todo 83 títulos.

De fevereiro de 1813 a dezembro de 1814, o periódico *O Patriota* circulou pelo Rio de Janeiro com reportagens dedicadas à difusão do conhecimento científico. José Bonifácio de Andrada e Silva, o "Patriarca da Independência", era um de seus colaboradores. Entre os assinantes estavam nobres famosos, como dona Carlota Joaquina, esposa de D. João VI.

o cultivo do algodoeiro, com inovações no plantio, beneficiamentos, vigilância dos escravos, um sistema de castigos e recompensas para aumentar a produção... Garanto que com as suas pinturas teria saído muito melhor.

Acertaram que Vicente receberia por aquarela. O dinheiro sairia do fundo que o governo dava ao padre para dirigir o jardim botânico e, a princípio, os trabalhos seriam destinados à formação de um arquivo de imagens. Futuramente, transformados em gravuras, sairiam impressos numa grande coleção de livros sobre o Brasil.

Ao se despedir, João Ribeiro apertou a mão de Vicente, piscou o olho direito e perguntou:

— Posso chamá-lo de *patriota*?

Era assim que se tratavam os liberais republicanos, partidários da independência. Queria saber se Vicente comungava os mesmos ideais que ele. Vicente sorriu, aumentou a pressão da mão sobre a do padre e disse:

— Claro.

"E como...", pensou o vampiro, vendo o padre se afastar. "Se ele soubesse que fui amigo de Tiradentes, e que *participei* da Inconfidência Mineira e da Revolta dos Alfaiates..."

Ele havia decidido se afastar da política para fugir das experiências traumáticas do passado; por isso optara pela arte. Mas pelo visto a arte ia acabar arrastando-o de volta à política. Trabalhar em ilustrações para um projeto iluminista e ter como chefe um republicano fanático e arrebatado... Lá ia ele se meter em confusão novamente.

Naquela mesma noite, ansioso, quase voando, foi até o Jardim Botânico de Olinda. Ele ocupava duas colinas baixas, atrás do seminário. Pulou o portão, evitou as construções e o grande galpão. Perambulou pelos viveiros de mudas e pelas plantações. Iria se dar bem ali. Era isolado e escuro.

Em sua primeira noite de "trabalho" fez rascunhos precisos de um pé de fruta-pão-do-taiti. Só depois se deu conta de que entre aquela infinidade de plantas escolhera a de nome composto.

Voltou ao sótão da rua da Cruz.

Entrou como sempre pela janela dos fundos do quinto andar. Subiu ao sótão. O luar entrava pela claraboia e tudo estava sossegado, quieto, transmitindo a ele o bem-estar e a paz de sempre. Ainda tinha tempo antes da aurora. Resolveu fazer uma ou duas aquarelas do pé de fruta-pão-do-taiti. Queria impressionar o "patrão", mostrando serviço.

Acendeu três fortes velas num castiçal, arrumou todo o material na mesa e começou.

Logo já se achava totalmente concentrado. Aquilo era *o dom*. Cérebro, mão, espírito, tudo se unia. Sentia-se pulsando no ritmo do universo e encontrava uma harmonia que não existia na morte nem na vida.

Um sopro gelado no pescoço fez com que ele se virasse para trás. Uma corrente de ar vinda do andar de baixo. Deixara a janela aberta. Voltou ao trabalho. Usava o rascunho como base, apagava alguns traços, reforçava outros, aplicava a tinta nos espaços entre as linhas, suavemente, prevendo a absorção pelo papel. A pintura em aquarela exigia concentração absoluta e domínio da técnica. Depois que as cerdas úmidas do pincel espalhavam no papel os pigmentos diluídos em água, não havia como retocar. O sopro gelado o atingiu de frente, chegou a balançar seus cabelos e quase apagou as velas. Largou o pincel e levantou. Examinou as placas de vidro da claraboia. Nenhuma fresta ou rachadura. Nada. A ventania lá fora devia estar entrando pela janela da cozinha e formando uma corrente de ar. Desceu, fechou-a e subiu. Voltou à aquarela. Por mais de uma hora entregou-se ao trabalho, totalmente absorvido no que fazia. Até que um pequeno clarão, no fundo do sótão, desviou sua atenção.

A bola de luz agora media mais de dois palmos de diâmetro e flutuava, azulada, sobre a arca.

Uma pessoa normal, de olhos fechados, é capaz de sentir a presença de outra, mesmo em absoluto silêncio, se ela entrar num raio de um metro a sua volta. Vampiros, mais sensíveis, captam presenças num raio de vários metros. Aquela bola de luz gerava um campo de energia igual ao de uma pessoa.

Ele era um iluminista. Procurou racionalizar. Podia ser um fogo-fátuo. Ele cansara de ver coisas assim nos cemitérios. Brotavam de algumas sepulturas em noites úmidas, das matérias orgânicas em decomposição. Surgiam grandes, nos pântanos. No Brasil, o povo chamava de boitatá. Ou podia ser uma espécie de "bola de fogo" formada por descargas elétricas. Em noites de tempestade apareciam no alto dos mastros superiores dos navios; o topo ficava rodeado por uma bola brilhante, azul. Para os marinheiros, tratava-se de um sinal da proteção de são Elmo.

A bola de luz se desfez. Desapareceu.

Foi até a arca e a abriu. Podia haver uma ratazana morta dentro dela, se decompondo, produzindo o fogo-fátuo. Só encontrou os restos de tecido rendado, sobre os quais dormira na primeira noite.

Voltou para sua mesa de trabalho. Já não conseguia se concentrar no pé de fruta-pão. Sem pensar, colocou uma folha em branco a sua frente, pegou o lápis e deixou que a mão direita fizesse rabiscos à toa. Os primeiros traços imitaram o movimento da água escorrendo suavemente por uma cachoeira. As linhas foram se anelando, num movimento incontrolável do pulso. Descobriu que estava desenhando cabelos, cabelos ondulados, que escorriam... Continuou... Os traços do rosto surgiram, lindos, perfeitos... A pele fina, muito branca... Olhou para frente. A bola de luz voltou a flutuar sobre a arca, enorme. O interior agora era uma névoa azul-acinzentada, e parecia girar lentamente. Da ponta do lápis surgiram dois olhos, calmos, amorosos, que o olhavam e que agora surgiam também dentro da bola de luz, envoltos na névoa. Reforçou os traços do cabelo, e a superfície da bola de luz começou a desprender filamentos dourados, finíssimos, formando uma cabeleira luminosa que escorria até a arca. Cobriu novamente com a ponta do lápis o contorno do rosto, para vê-lo surgir, feito de luz e névoa, sobre a arca. Quando traçava o nariz, já não sabia se a luz e a névoa reproduziam seu desenho, ou se ele copiava o rosto de mulher que via surgir no canto escuro

do sótão. Por fim, pousou lentamente o lápis sobre a mesa e ficou olhando a aparição, o busto da mulher a sua frente, os longos cabelos louros, anelados, o rosto angelical. O mais lindo que ele já vira. Uma bata de renda muito branca, talvez uma camisola, cobriam os seios e o colo, perfeitos, jovens.

Ela olhava diretamente para ele. Sentiu-se esvaziar, como uma garrafa virada numa pia. Do outro lado do sótão, encarava-o quase sorrindo, com suas feições nebulosas, o tecido branco e rendado sobre os seios nus.

A névoa brilhante se adensara, translúcida. Não procurou compreender. Não teve medo ou estranhamento. Ela estava ali e pronto. Entendeu de onde vinham o aconchego, o amparo, o bem-estar e todas as coisas boas que lhe davam a paz de espírito que sentia naquele lugar.

Reconheceu o aroma doce que atravessava o ateliê certas noites e que pensava vir da copa de alguma árvore em flor dos arredores. Era o perfume dela.

— Quem é você? — ele perguntou.

Ela não respondeu, mas o brilho dos seus olhos ficou mais intenso. Ele levantou e estendeu a mão direita, num impulso de saber se havia algo de material ali. Avançou dois passos e parou.

— Não. Não vou tocá-la.

Recuou, com medo de ela sumir.

— Fique. Por favor. Fique.

Voltou a sentar-se. Era muito fraco, mas a sensibilidade aguçada do vampiro podia captar um resíduo de energia mental naquela aparição. Havia consciência ali. E estava se comunicando, de alguma forma muito suave e delicada, como um sopro morno em sua testa. Não podia falar nem ser tocada, mas era *alguém* com uma personalidade, olhando para ele do fundo do sótão. Ela tentava lhe transferir seus pensamentos, sem conseguir. Eram fracos demais, sem energia suficiente para se condensarem em palavras e estabelecerem uma conexão mental.

O rosto dela se contraiu, os lábios se crisparam, o olhar tornou-se aflito. A névoa perdeu o brilho e se dissolveu, esgarçou, escapou da forma humana que a guardava como um envelope e desaparececeu.

"O trabalho regular é melhor do que o descanso."

Henry Koster

O ano de 1815 terminou sendo feliz para Vicente. Vivia como um homem casado e com um bom emprego. Às noites saía para desenhar ou ficava no ateliê pintando aquarelas, algumas vezes acompanhado por aquela linda mulher--fantasma, flutuando no canto do sótão, que o confortava e protegia da solidão. Visão, espírito, alucinação... Não importava! Ela estava ali, era real para ele.

Uma vez por mês, na calada da noite, mantendo a aura de mistério justificada por seu "albinismo", ia entregar as aquarelas encomendadas por João Ribeiro.

O padre era um homem especial. Acabaram amigos. Mulato, 49 anos, de família muito pobre, havia alcançado prestígio intelectual por esforço próprio e pela ajuda do médico e botânico Arruda Câmara, morto havia cinco anos.

Graças a Arruda, adquirira grande conhecimento científico e pôde estudar no Colégio dos Nobres, em Lisboa. Vicente também havia estudado lá, há uns quarenta anos, mas não podia dizer isso a ele, pois tinha a aparência de um rapaz de 20.

Assim que chegara de seus estudos em Montpellier, na França, Arruda Câmara fundara uma sociedade política secreta, maçônica, chamada Aerópago de Itambé, na fronteira das províncias de Pernambuco e Paraíba, onde havia encaminhado, ou "desencaminhado", muitos jovens como o padre João Ribeiro aos ideais iluministas e republicanos e à maçonaria. Várias

Em 1801, os três irmãos Cavalcante de Albuquerque, donos do engenho Suassuna, foram acusados de buscar o apoio da França (então governada por Napoleão Bonaparte) para a independência. Acabaram inocentados por falta de provas.

Às vésperas da Revolução, havia cinco lojas maçônicas em Pernambuco. Três datam de 1816: a Restauração, a Pernambuco do Ocidente, inaugurada pelo comerciante e militar aposentado Domingos José Martins (1781-1817), e a Pernambuco do Oriente, fundada pelo comerciante recifense Antônio Gonçalves da Cruz, o Cabugá (?-1833).

Voltaire (1694-1778) escreveu contra o clero e o absolutismo, envolvendo-se em polêmicas com Rousseau (1712-1778), para quem a sociedade corrompia o homem, o que podia ser evitado somente com o uso da razão. Montesquieu (1689-1755) defendia o ideal de um estado regido por três poderes, enquanto Condorcet (1743-1794) acreditava que a educação era fundamental para libertar o povo da tirania.

dessas sociedades, ou "lojas", começaram a surgir desde então, como a do Paraíso, em Recife, e a de Suassuna, no engenho Suassuna, em Jaboatão.

Vicente conhecia bem essas sociedades "secretas". Já havia se passado por maçom na cidade do Rio de Janeiro, em Vila Rica e em Salvador. Jovens estudantes idealistas ou grandes negociantes — interessados em acabar com o monopólio do comércio brasileiro por parte de Portugal — vinham da Europa impregnados dos ideais revolucionários contra a Monarquia, estimulados pelas experiências bem-sucedidas da França e dos Estados Unidos, e fundavam grupos para discutir e propagar a independência do Brasil.

Sabia também que, quando as lojas maçônicas começavam a pipocar por todo lado, atraindo grandes proprietários de terras, jovens revolucionários, comerciantes abastados, padres seculares, militares e funcionários públicos brasileiros, algum tipo de revolução tresloucada acabaria acontecendo.

Nas noites em que entregava as aquarelas ao padre gostava de ir caminhando devagar, passeando. Rodeava a praça do Carmo, subia a ladeira de São Francisco, passava diante do convento franciscano de Nossa Senhora das Neves, e de lá avistava o famoso Seminário de Olinda, no topo da colina em frente, num dos pontos mais altos da cidade. Tomava o caminho do Alto da Sé e logo sentia a energia dos estudantes, a efervescência intelectual, jovens idealistas ruidosos, com suas batinas pretas e barretes, vagando pelas ladeiras, bebendo nas tabernas.

Naturalmente, com João Ribeiro ensinando matérias como "A ciência oculta da liberdade" ou "Os sagrados mistérios da democracia", o seminário se transformara num ninho de revolucionários *patriotas*. Ali era o centro da subversão de Pernambuco, e João Ribeiro, o seu líder.

O padre recebia Vicente numa biblioteca abarrotada de filósofos e propagandistas do iluminismo como Voltaire, Rousseau, Montesquieu, Condorcet e os enciclopedistas. Era fanático pelas ideias dos filósofos franceses do século XVIII, e não havia um só encontro em que não conversassem horas sobre eles. Quase sempre estava acompanhado por um frei de cerca de 40 anos chamado Joaquim do Amor Divino Caneca, um professor de retórica, gramática e filosofia, *patriota* tão exaltado quanto ele. Frei Caneca também se tornou grande amigo de Vicente.

Por fim, sempre depois de dilatados elogios, João Ribeiro colocava as aquarelas em pastas, arquivava e pagava.

Com o dinheiro entrando regularmente, Vicente comprava o material de desenho à noite, de um dono de papelaria chamado Manuel Cardoso Aires, amigo de João Ribeiro. Não precisava mais roubar.

Quanto à alimentação, contentava-se com o sangue dos animais que o destino fizesse passar por perto em suas noites de trabalho fora de casa.

À paz da consciência, juntava a tranquilidade doméstica de uma espécie de casamento com a mulher-fantasma. E, como bom esposo, procurou conhecê-la melhor.

Frequentou tabernas junto ao porto para saber mais sobre a casa mal-assombrada da rua da Cruz. De pergunta em pergunta, fingindo beber vinho e pagando rodadas, acabou chegando a um velho negro, de quase 100 anos, chamado Silvano. Ele vivia nos fundos de um armazém de secos e molhados, no quarteirão do mercado do algodão. Era cego, por isso Vicente não teve que se explicar. Apenas pulou o muro dos fundos do armazém no começo de uma noite sem lua e apresentou-se como comerciante de outra província interessado em alugar o imóvel da rua da Cruz, mas preocupado com fantasmas.

Silvano já nascera escravo. Desde moleque, indo à venda comprar querosene, vinho, azeite, presunto, toda a vida ali, pelas ruas do Recife, ouvia histórias... A judia da rua da Cruz se enforcara lá mesmo, no sobrado, na metade dos anos de 1600, na viga do quarto andar, enquanto toda a sua família era morta a pauladas no meio da rua pelo povo enfurecido. Corria a lenda de que o dinheiro do pai, um comerciante muito rico, ainda estava escondido na casa.

— E desde então o fantasma da Sofia vem botando sentido no ouro da família. Credo em cruz! — Silvano se benzeu.

— "Sofia"?!

— Era o nome da moça, coitada.

Sofia.

Saber o nome dela provocou uma forte comoção em Vicente e, após voltar para casa aquela noite, ela apareceu enquanto desenhava. Chamou-a.

— Sofia.

A névoa pareceu se adensar ainda mais, houve um sorriso, o corpo dela se estendeu, esticou na vertical, envolto por uma forma oval de brilho suave, azul bem claro. Vicente o desenhava na medida em que ia se formando, mais uma vez sem saber se copiava o que via ou projetava o que desenhava.

Começou a conversar com Sofia. Mesmo quando ela não aparecia, ele chegava em casa e contava como tinha sido sua noite de trabalho, reclamava do tempo, do preço dos materiais de pintura, dos cupins no piso do quarto andar, dos ratos salientes que conseguiam chegar até a cozinha...

Agora com nome, Sofia era um ser humano, apenas em uma forma diferente. Ele próprio também não se encaixava nessa definição? As explicações que ouvira de seu mentor sobre o que era ser vampiro, e em que plano eles viviam, serviam também para ela.

Nos guiamos pelos extremos porque eles são mais visíveis, frequentes e comuns. Existe a noite e existe o dia; a morte e a vida; o doce e o salgado; a planta e o animal; a realidade e o sonho... Esquecemos que entre esses limites há uma enorme área indefinida, molhos agridoces, nascentes e poentes que não são dia nem noite, obras da imaginação tiradas dos sonhos e tornadas realidades... Veja o branco e o preto e pense na infinidade de tons de cinza. Cinza nem é cor. É gradação. Agora pense na vida e na morte... Por que não haveria uma área cinza entre esses dois extremos?

O mundo dos nomes compostos: água-viva, vaga-lume, natureza-morta, fruta-pão... Ele era um morto-vivo. Sofia, uma mulher-fantasma.

Nós vivemos nessa imensa área cinza. Compartilhamos as infinitas possibilidades desse campo intermediário, onde a realidade da vida e o sonho da morte se misturam. Podemos trazer o sonho para a realidade, por isso alguns de nós voam, outros se transformam em névoa ou viram peixe.

Numa das vezes em que foi entregar o trabalho do mês e receber o ordenado, perguntou a João Ribeiro se ele sabia alguma coisa sobre os judeus do século XVII ali no Recife.

O padre deu uma aula sobre o assunto.

Os judeus haviam chegado quando a vila estava sob o domínio holandês, atraídos pela liberdade religiosa instaurada aqui pelo conde Maurício de Nassau, a partir de 1637.

Vinham da Holanda, um país protestante, onde haviam se refugiado da perseguição da Inquisição católica na Espanha e em Portugal. Somente no ano de 1642 chegaram seiscentos judeus a Recife. No auge da imigração, representavam a metade da população civil branca da vila. Como sabiam a língua flamenga e o português, serviram de intérpretes entre os dois povos e enriqueceram no ramo do comércio.

— Durante o governo de Nassau, os judeus já controlavam quase a metade das exportações pernambucanas de açúcar, fora os contratos para cobranças de impostos, a venda de escravos, a corretagem imobiliária...

Podendo praticar sua religião abertamente, sem medo da Inquisição, formaram uma comunidade forte, construindo mais de trezentos sobrados, escola, cemitério exclusivo e a primeira sinagoga das Américas, na rua da Cruz.

— Rua da Cruz? — Vicente ficou interessado.

— Naqueles tempos era chamada rua dos Judeus. Virou rua da Cruz em 1654.

Fizeram-se grandes fortunas rapidamente. Alguns aproveitaram o confisco dos engenhos que pertenciam aos portugueses e os compraram em hasta pública por preços irrisórios.

— Tornaram-se grandes senhores e praticamente controlaram a vida econômica da Nova Holanda, como chamavam Recife. Tudo isso, é claro, foi gerando o ódio de pernambucanos e portugueses. Mas, se o progresso dos judeus foi rápido, o declínio foi ainda mais veloz. Assim que o conde de Nassau deixou o governo, em 1644, começaram os problemas. A tolerância religiosa acabou. Os holandeses proibiram a celebração de missas católicas e expulsaram os padres. O ódio dos brasileiros aumentou ainda mais.

Algumas famílias judaicas, adivinhando que logo a intolerância se voltaria contra elas, começaram a retornar para a Holanda. Outras, sem poder se desfazer de seus bens, ficaram.

Os pernambucanos apertavam cada vez mais o cerco à cidade. O poder da Companhia das Índias Ocidentais enfraquecia a cada dia. Em 1646 a guerra de reconquista tornou-se um pesadelo para os judeus.

O que aconteceu então com as famílias judaicas que haviam permanecido foi um massacre. O ódio acumulado em três décadas caiu sobre elas.

João Ribeiro pegou um livro fino da vasta biblioteca do seminário e o colocou nas mãos de Vicente.

— Nem tente decifrar o título. A não ser que saiba aramaico antigo. É longo. Eu decorei a tradução dele: *Memória que compus acerca dos mila-*

gres de Deus e seu imenso favor com graça e misericórdia concedida à Casa de Israel, no Estado do Brasil, quando sofreram o ataque das tropas de Portugal, gente indigna que despreza Seu nome, para exterminar, matar e aniquilar todos que eram de origem de Israel, inclusive crianças e mulheres, num só dia, no ano de 5406. O autor chama-se Isaac Aboab. Foi o primeiro rabino das Américas. Aí ele descreve, em versos, o massacre ocorrido naqueles tempos. Famílias inteiras de judeus foram arrancadas de suas casas e mortas a pauladas no meio da rua.

Quase as mesmas palavras ditas pelo negro Silvano.

A mulher-fantasma agora tinha um nome e uma história.

O sofrimento compartilhado o fez amá-la ainda mais. E querer consolá-la. Ele a pintava; ela aparecia em seus desenhos e se materializava no canto do ateliê, modelo e musa.

Ela transformou 1815 no ano mais feliz de sua vida.

Mas, quando aquele ano chegou ao fim, foram-se também a alegria e a paz de Vicente.

Numa abafada noite de dezembro, voltando para casa, reparou que haviam tirado a placa de "Aluga-se" do térreo.

Quando entrou pela janela da cozinha escutou barulhos estranhos, vozes em línguas desconhecidas, lamentos, gemidos. Desceu ao quarto andar e olhou pelo buraco das escadas desabadas.

Duas lamparinas iluminavam um grupo de 23 escravos. Acorrentados, seminus, homens e mulheres dividiam o térreo com os morcegos e as ratazanas.

Cenas de Recife no século XIX

© Biblioteca Nacional, Rio de Janeiro

Rua da Cruz

© Fundação Joaquim Nabuco

Panorama de Recife no início do século XIX

Vista da ponte entre Santo Antônio e Recife, com os arcos de Santo Antônio (frente) e Conceição (fundo)

A lady going to visit ("Uma mulher saindo para uma visita"), aquarela pintada por Henry Koster publicada em seu livro *Viagens ao nordeste do Brasil*, em 1816

Capítulo 6

Inimigo, a gente dá um passo e em qualquer direção encontra.

Odiou-o desde o primeiro segundo em que o viu.

Lourenço era o símbolo de tudo que detestava.

Mercador de escravos. Vassalo da rainha. Católico absolutista. Negociante de vidas humanas, enriquecendo à custa do sofrimento e da morte de homens, mulheres e crianças trazidos à força da África. Especulador que só agia em proveito próprio. Agiota perverso, levando famílias à ruína.

Esse era o homem que alugara o térreo.

Velho, alto, corpulento, barba cerrada já totalmente branca; nas raras vezes em que tirava o chapelão alto, mostrava os cabelos compridos e encaracolados, ainda bastante escuros. O que mais impressionava em sua figura eram os olhos, grandes, intensos, brilhantes, com pupilas pretas que, quando se fixavam numa pessoa, extraíam a alma. Olhos feitos para perscrutar desertos.

O nariz aquilino acentuava o olhar de águia e denunciava sua origem mourisca. Mas era português e tinha orgulho em alardear isso numa região e numa época em que português era sinônimo de inimigo do povo.

Tipos como Lourenço, *vassalos*, eram os adversários dos *patriotas* e estavam rachando Recife ao meio.

Conflito antigo. Pernambuco havia sido a capitania mais rica do Brasil e formara uma elite de senhores de engenho poderosos

Na página anterior: Primeira mulher a governar Portugal com plenos poderes, a rainha dona Maria I (1734--1816) assumiu em 1777. Muito religiosa, seu primeiro ato foi demitir e exilar todo o corpo de funcionários do Marquês de Pombal, ministro de dom José I, que havia perseguido os jesuítas e governado segundo preceitos iluministas. Durante o reinado de Maria I, ocorreram a Inconfidência Mineira e a condenação de Tiradentes à morte. A monarca recebeu ainda a alcunha de "a Louca" por apresentar instabilidade mental; pelo mesmo motivo, foi sucedida por dom João VI (1767-1826). Em 1808, para escapar do cerco de Napoleão Bonaparte, fugiu para o Brasil com os demais membros da Família Real.

autointitulados "principais da terra". Oligarcas, donos de vastíssimas propriedades e centenas de escravos, orgulhosos de sua ascendência familiar e "pureza de sangue", formaram um arremedo de aristocracia feudal, nativista.

Sentiam-se heróis de façanhas medievais. Tinham se estabelecido naquela parte da América "por direito de conquista", sem dever nada "nem ao reino, nem ao rei". Haviam expulsado os holandeses sem a ajuda da metrópole. Acusavam Portugal de ter feito acordos secretos com a Companhia das Índias Ocidentais, por interesses comerciais, e os abandonado diante dos invasores holandeses e judeus. Achavam-se no direito de contestar o sistema colonial. E a revolta se voltou contra o inimigo que estava mais próximo, os portugueses: comerciantes, militares de altas patentes e funcionários públicos da Coroa.

Os comerciantes portugueses eram os mais odiados. O monopólio dos negócios de exportação e importação dava a eles o controle sobre os preços das mercadorias, os juros dos empréstimos, os prazos de pagamento...

Com a vinda da rainha e do regente dom João, e a abertura dos portos, a elite pernambucana acreditou numa nova liberdade de comércio. Mas logo compreendeu que a única coisa que havia mudado era o endereço da Corte. Não houve diferença entre ser explorado por Lisboa ou pelo Rio de Janeiro. A recente elevação do Brasil a Reino Unido de Portugal e Algarves, em dezembro, era apenas uma artimanha política para que o Estado absolutista português não se partisse em dois. Os brasileiros continuavam nas mãos dos *vassalos* firmemente instalados nos principais portos.

Dentre os monopólios, o mercado de escravos tornou--se um dos mais lucrativos e gerava grandes fortunas. Esses mercadores, conhecidos como *negociantes*, eram tão poderosos que um deles cedeu seu palácio na Quinta da Boa Vista, no Rio de Janeiro, para ser a residência real.

Lourenço, porém, não parecia um *negociante* muito bem--sucedido. O rosto vincado de rugas, o olhar calejado e as mãos grossas mostravam que era daqueles que iam pessoalmente a Angola trazer sua mercadoria em navios imundos.

Indagando nas tabernas do porto, Vicente soube que o novo inquilino não tinha pouso fixo, negociava escravos em vários portos do Nordeste e costumava entregar os negros a atravessadores em terra. Não possuía navio negreiro próprio; fretava-o. Ninguém sabia dizer em que província morava nem por que, pela primeira vez, decidira expor e vender sua mercadoria diretamente na rua da Cruz.

O ódio de Vicente por aquele homem aumentava a cada noite.

O velhaco vinha incomodar sua harmonia doméstica, invadir seu reduto de paz, trazer o sofrimento e os gritos de dor dos escravos bem ali para baixo. Era insuportável dividir a casa justo com um inimigo. Mas o que fazer? Não podia sair. Não podia deixar Sofia. E fantasmas não se mudam.

Procurou conviver com o problema. Fechou com tábuas e calafetou o buraco das escadas desabadas no piso do quarto andar, deixando uma pequena fresta, para poder olhar para baixo e acompanhar o movimento.

Do ateliê já não ouvia os gemidos nem sentia os fedores que vinham do térreo. Entrando e saindo pelos fundos, tentou esquecer o assunto e voltar a sua vida pacata, da casa para o trabalho, do trabalho para casa.

Não notou nenhuma alteração em Sofia. Ela continuava se materializando, às vezes apenas como bola de luz azulada dançando entre o sótão e a cozinha, em outras, conseguindo adensar-se, mostrar seu corpo inteiro e lhe servir de modelo para desenhos apaixonados.

Enquanto isso, nas ruas, uma convulsão social se aproximava. O ano de 1816 trouxe uma grande seca. Faltava comida em Recife e Olinda, os preços disparavam, já se passava fome.

Havia três camadas sociais: o branco rico da elite, o negro escravo e, entre uns e outros, uma multidão de mulatos e brancos pobres, artesãos, pedreiros, carpinteiros, pequenos funcionários públicos e soldados — uma camada intermediária, desprotegida, sempre descontente. Eram os que mais sofriam com a carestia e a falta de trabalho. E, justamente num momento daqueles, os impostos aumentavam.

Oito anos antes a Corte chegara trazendo uma horda de nobres falidos e funcionários públicos sem emprego, que precisaram ser sustentados com o dinheiro dos impostos. Isso não era novidade, Portugal havia muito tempo se sustentava com o que arrecadava no Brasil. Só que agora eles estavam ali ao lado, no Rio de Janeiro, e podiam ser vistos esbanjando o dinheiro do povo, sugando as energias das outras províncias.

Dom João VI temia que os espanhóis formassem na bacia do rio da Prata um poderoso bloco político. Em 1816, o rei enviou tropas ao local que hoje corresponde ao Uruguai. Após cinco anos de guerras, a área foi anexada ao Brasil como Província Cisplatina. Contudo, as batalhas continuaram. Somente em 1828 a região se tornou independente.

E não davam nada em troca.

Em Recife praticamente não havia serviços públicos. Nada de estradas ou escolas, rios não tinham pontes, esgotos corriam a céu aberto. Os soldados recebiam soldos muito baixos, e com atraso. A Corte só se ocupava com a fiscalização das alfândegas nos portos, onde podia taxar todas as transações comerciais.

As províncias sempre pagavam diversas categorias de impostos a *El-Rei*: as contribuições criadas para custear a guerra contra a Holanda; as taxas para a reconstrução de Lisboa depois do terremoto, que já fazia sessenta anos; as tarifas destinadas às guerras na bacia do rio da Prata — fora os impostos sobre o comércio e todo o resto. Agora chegavam novos tributos para a "manutenção da Corte", como o de 10% (além dos dízimos) e, o mais revoltante, uma taxa de iluminação... só que para as ruas da cidade do Rio de Janeiro!

Enquanto isso, as ruas de Recife ficavam às escuras, entregues aos bandidos. Cobrado a explicar esse descalabro, o governador Caetano Pinto Montenegro declarou que o melhor era não sair à noite.

Praticamente toda a moeda circulante era recolhida para ser enviada à Corte, provocando inflação e escassez de produtos.

Para piorar, a comida, que já era cara — porque todos só se preocupavam com a agricultura de exportação —, subiu muito de preço em decorrência da seca, principalmente a carne, espalhando a fome e a revolta.

As dificuldades uniram os ricos aos pobres: aqueles pelos tributos, estes pela carestia. Todos contra os *vassalos*, que agravavam o conflito pela arrogância e pelo desprezo com que tratavam os nativos, muitas vezes chamando-os de "macacos".

No sobrado, porém, a situação permaneceu tranquila por alguns meses, até que uma noite, entretido com mais uma das dezenas de aquarelas inspiradas em Sofia, Vicente começou a ouvir fortes pancadas nas paredes, vindas do térreo.

Foi ao quarto andar e olhou pela fresta do piso. Uma estranha cena. Lourenço, em mangas de camisa, segurando uma grande lamparina, vigiava o trabalho de dois negros fortes que, a marretadas, punham abaixo o reboco das paredes internas do térreo. Não havia o costumeiro grupo de mulheres, homens e crianças. Só os três.

O canalha realizava algum tipo de reforma.

Que se danasse. O que ele fazia com o espaço que alugara era problema dele. Nas noites seguintes teve de conviver com o som oco das pancadas e o estremecimento das paredes. Até que a quebradeira parou.

Esqueceu o assunto.

Semanas depois, as pancadas voltaram mais intensas. Todo o sobrado tremia perigosamente.

Voltou a olhar pela fresta. Os dois escravos, comandados por Lourenço, agora destruíam o reboco do segundo pavimento!

Daquela noite em diante Vicente não pôde mais dormir direito. Ficava rolando no caixão, furioso, decidindo o que fazer. Parou de pintar. Não conseguia se concentrar.

E o pior: Sofia não voltou a aparecer.

O miserável *vassalo* escravagista estava subindo em direção ao sótão, invadindo sua morte-vida, incomodando sua esposa-fantasma!

É claro que podia cravar-lhe os dentes no pescoço nojento, sugar todo o sangue corrupto daquele corpo maligno e, depois, jogá-lo na lama da Cruz do Patrão! Mas se acostumara com as vantagens da paz de espírito. Não queria matar seres humanos. Certamente Lourenço estava só ampliando a reforma até o andar superior para expandir seus negócios. Tudo bem. Era natural. Muitos comerciantes agiam assim na rua da Cruz. No térreo alojavam os escravos, no andar de cima montavam escritório.

De fato, tempos depois os barulhos cessaram.

Novamente haviam arrebentado cada centímetro de reboco das paredes, largando entulho por todo lado, e nada havia sido construído.

Mais um mês de silêncio. A calma reinou novamente. Mas Sofia não apareceu. Ele não conseguia trabalhar.

As pancadas voltaram. Tão fortes que derrubaram pincéis e tintas da estante.

Vicente desceu possesso ao quarto andar e, ao olhar pela fresta, quase deu de cara com o inimigo! Lourenço estava bem ali embaixo, lamparina na mão, dando ordens a seus dois escravos para marretarem as paredes.

No terceiro andar! Aquilo já era demais!

Um andaime havia sido erguido desde o térreo.

Agora o sobrado estremecia com tamanha violência que só continuava de pé por estar escorado nos vizinhos.

Subiu à cozinha e ficou andando de um lado para o outro, furioso como um leão enjaulado.

Lourenço pretendia ocupar todo o prédio!

O terceiro e o quarto pisos eram os usados como residência. Ele se preparava para morar ali. Em breve estaria quebrando as paredes da cozinha. Depois chegaria ao sótão!

Precisava impedi-lo. De qualquer maneira.

Podia descer e acabar com ele. Teria de eliminar os escravos também. Não queria fazer isso. Eles não tinham culpa. Mas não podiam chegar ao quarto andar. Não deixaria que violassem o local onde Sofia se matara, enforcada na viga do teto. Ela desapareceria para sempre e...

Teve uma ideia. Era até simples.

Voltou ao quarto andar.

Primeiro, arrastou uma corrente pelo piso.

As marretadas no andar de baixo cessaram.

Jogou pratos na parede.

Começaram os gritos de pavor dos escravos e os berros de Lourenço no meio deles.

Cobriu-se com o lençol branco, arrancou três tábuas do piso com violência e pulou sobre eles.

Lourenço recuou; encostou-se a uma das paredes, segurando a lamparina com o braço estendido diante do corpo. Os dois escravos despencaram pelo andaime, caíram no térreo e fugiram correndo pela rua da Cruz, gritando como loucos.

Lourenço não fugiu. Continuou ali, desafiador, encarando a assombração com expressão mais de ódio que de medo, empunhando a lamparina como se fosse uma arma, enquanto berrava:

— Você meteu o rabo na ratoeira, senhor fantasma! Desde o começo do mundo que as coisas têm dono, e esse prédio agora é meu. Não tenho medo de gente viva, quanto mais de gente morta. A vida dura me deu alma dura. Nem uma coisa como você vai me empatar o serviço!

E avançou com a lamparina.

Vicente recuou. O lençol ia pegar fogo e revelar sua farsa. O recuo incentivou Lourenço a avançar mais, imprensando o vampiro contra a parede.

— Você não me assusta, fantasma idiota! Já aluguei sabendo que precisava tirar inquilino antigo! Suma-se daqui! Acabe de morrer de uma vez!

Não havia alternativa.

Vicente atacou.

Cravou os dentes na jugular de Lourenço. Mordeu com vontade, e começou a sugar o sangue, a sugar, para matar, matar. Sugava e matava Lourenço com tanto ódio que o sangue entrava em suas veias com um prazer que nunca havia sentido.

Então Sofia apareceu.

Sofia, de corpo inteiro, envolta numa luz amarela e brilhante como nunca a havia visto. Surgiu em um canto, pairando entre o entulho e um monte de tábuas velhas, e foi na direção dele.

Vicente não parava de sorver o sangue de Lourenço. O corpo enorme já amolecia em seus braços, mas não podia despregar os olhos da imagem de Sofia e de sua expressão aflita, torturada, se aproximando. Ela parecia querer dizer alguma coisa. Alertá-lo. Seu brilho nunca fora tão intenso.

O sangue inundando o corpo de Vicente, sua mente tentando se concentrar no que Sofia queria.

Ela deu a volta, flutuando; saiu de seu campo de visão. Ele não conseguia entender...

Então sentiu um sopro em sua orelha esquerda e ouviu uma voz macia, fina, ansiosa, um sussurro angustiado:

— Não o mate! Não o mate! Abaixe as calças dele! Abaixe as calças dele!

Ela queria que ele parasse de sugar o sangue e arriasse as calças de Lourenço.

"Arriar as calças de Lourenço?!

Como assim?!"

Arrancou os caninos do pescoço de Lourenço e o largou. O corpo pesado desabou. Olhou para trás.

Sofia havia desaparecido.

Lourenço estava estendido no piso do terceiro andar, de barriga para baixo. Vicente o olhava, aturdido.

Acabou fazendo. Sem saber por quê.

Puxou as calças de Lourenço até os joelhos, revelando as nádegas gordas, brancas e cabeludas. Na da esquerda havia a tatuagem de um peixe!

Pulou para trás, horrorizado. Conhecia aquela tatuagem. Tinha uma igual, no mesmo lugar.

Lourenço era Antônio.

Seu irmão gêmeo!

Rasgou com os dentes a carne de seu pulso direito, dilacerando as veias, e o levou à boca de Lourenço, que começou a sugar, a beber seu sangue de volta — a princípio, com extrema fraqueza, mas logo com a voracidade e a avidez de um bebê faminto.

Enquanto isso, desarvorado, Vicente repetia em pensamento: "Vou ficar louco... Vou ficar louco..."

Capítulo 7

"O homem perdeu o paraíso por impaciência."

Franz Kafka

O mentor havia explicado, mas ele nunca tinha praticado. Só sabia a teoria. Devolver o sangue à própria vítima. Era isso que estava fazendo. E Lourenço, ou Antônio, continuava colaborando, chupando o pulso com vontade, parecendo recuperar as energias pouco a pouco. O problema é que Vicente não sabia quando parar, e estava ficando cada vez mais fraco.

Daquele jeito o irmão iria sugar-lhe até o tutano dos ossos.

Afastou o pulso com força. Antônio o olhou com a perplexidade raivosa do bebê quando a mãe lhe tira o peito, e então pulou e agarrou o pescoço de Vicente com as duas mãos.

Tinha uma força descomunal. Vicente sentiu a garganta sendo esmigalhada entre aquelas mãos enormes e calosas. No instante seguinte, era Vicente que, aturdido, socava o rosto do irmão com força e depois o esganava.

Não conseguia parar. Absurdo, ter salvado o irmão para depois matá-lo. Antônio se debatia, dava joelhadas, mas ainda não tinha a força de um vampiro, não era páreo para Vicente. Mais um pouco e sua garganta viraria uma pasta sanguinolenta; a cabeça sairia rolando. Nem assim Vicente parava. Então foi puxado para trás violentamente, dois braços o suspenderam no ar e começaram a apertar, apertar. Ele jogava a cabeça para trás, escoiceava, mas não encontrava nada! Era para haver alguém com uma força extraordinária abraçando-o pelas costas, esmigalhando suas costelas, mas não sentia o contato, só a pressão. Não havia nada atrás dele.

Olhou para a parede ao lado. Estava sendo atacado por uma sombra!

Sentiu-se encolher pela compressão do aperto. Os braços entraram dentro do tronco, as pernas se tornaram uma só e tremiam sem controle, o crânio pareceu rachar, jogando um olho para cada lado, fazendo-o ver ao mesmo tempo dois ângulos diferentes; o corpo todo começou a ondular, afinar, tornar-se escorregadio e sair das roupas. Então, Vicente pulou do abraço da sombra como um sabonete de uma mão molhada, caiu pesadamente sobre as tábuas do piso e ficou se debatendo desesperadamente, transformado em um dourado de quase um metro.

Um dos olhos viu a sombra virar-se para ele, confusa. A sombra de Antônio!

Bateu a ponta do rabo sobre a lamparina, uma, duas, três vezes, até apagá-la. O terceiro andar ficou às escuras. A sombra desapareceu.

Ele se debateu até um canto afastado e, aos poucos, voltou à forma humana. Ouvia os gemidos do irmão enquanto voltava a se vestir.

Antônio estava em péssimo estado. Os socos haviam destruído seu rosto, quebrado cartilagens, dentes, afundado o nariz; o pescoço estava partido e a garganta disforme.

Colocou o corpo obeso do irmão nas costas e pulou para o térreo. Encontrou uma pá deixada para trás pelos escravos. Abriu uma cova e o enterrou.

Como Antônio chegara ali? Coincidência? Impossível. O que havia feito durante aqueles quarenta anos no Brasil? Como tinha sido sua infância? Teria alguma lembrança de seus pais? Antônio saberia algo sobre ele, seu irmão gêmeo? E o ataque de sua sombra? O que fora aquilo? Onde estava Sofia?

Se, ao desenterrá-lo, encontrasse o irmão morto, todas as perguntas ficariam sem respostas. Nunca mais se perdoaria. A perda e a culpa seriam insuportáveis. Por outro lado, se o encontrasse curado dos ferimentos e transformado em vampiro, teria trazido o irmão para o maldito mundo das trevas.

E as pessoas em volta? O que estariam comentando? Dois escravos fugindo, gritando no meio da noite. O barulho da luta. As autoridades invadiriam o sobrado atrás do negociante de escravos desaparecido?

Nas noites seguintes fez suas costumeiras pesquisas nas tabernas sórdidas do porto.

O acontecimento não causara muita surpresa, afinal o sobrado era mal-assombrado. E todos, inclusive as autoridades, acharam muito natural Lourenço não ter aparecido mais. Suas atividades escusas lhe traziam muitos inimigos. A polícia não faria nada. Ele não tinha família, morava em pousadas. Ninguém iria atrás dele, principalmente porque seu sumiço significava o confisco de seus escravos pelo Estado, que os revenderia aos atravessadores.

O sobrado da rua da Cruz tornou-se ainda mais amaldiçoado. O portão do térreo voltou a ser lacrado com tábuas grossas, e sequer recolocaram a placa de "Aluga-se". Ninguém andava mais na calçada em frente — nem de dia — e muitos se benziam e apertavam o passo quando passavam por perto.

Quanto mais execrado, mais seguro. Vicente ficou tranquilo e esperou com ansiedade o momento de abrir a cova.

Ansiedade demais. Não é fácil saber que o irmão que se procurou durante quarenta anos está esperando que você o desenterre, ainda mais se você não tem a menor ideia de quando deve fazer isso.

O mentor havia ensinado o método de enterrar um vampiro para curá-lo de ferimentos graves, mas não dissera nada sobre a duração do tratamento.

Na verdade, Vicente nem tinha certeza de ter transformado mesmo o irmão em vampiro. Podia ter sugado o sangue de Antônio por um tempo muito longo, ou dado o pulso errado, ou tirado o pulso muito cedo. Socar e estrangular um vampiro em seus primeiros momentos também não devia ser bom para uma formação saudável.

A cada noite a indecisão tornava a espera mais angustiante. Desenterrar o irmão antes do prazo poderia matá-lo definitivamente. Deixá-lo tempo demais sob a terra também. Na segunda semana não aguentou e desceu para o térreo com uma lamparina.

Cavou com ansiedade maníaca. Assim que a cabeça de Antônio apareceu, notou que havia alguma coisa errada: o rosto do irmão parecia feito de madeira podre, recoberta por uma pele fina, quase transparente, e uma larva branca e gorda saía de sua narina esquerda.

Terminou de desenterrá-lo.

Todo o corpo parecia podre e comido por cupins gigantes. Da cintura para cima ainda se aproveitava alguma coisa, mas nas pernas parecia estar havendo uma festa de larvas brancas, e elas estavam se divertindo bastante.

As roupas haviam umedecido e grudado na pele, nos pontos em que não haviam sido roídas pelos vermes. O tom geral do corpo do irmão era

de um amarelo doentio. Em Portugal faziam presunto colocando uma perna de porco crua por seis meses num caixote de sal grosso. Algumas vezes o pernil estragava, apodrecia, e ficava com aquela cor amarelada, com buracos de onde saíam larvas.

Antônio estragara.

Ajoelhou junto a ele e chorou.

A solidão ficou sólida, uma massa escura e infinita caindo sobre ele, esmagando-o, curvando-o em direção ao rosto do irmão, lentamente, enquanto chorava. As lágrimas de dor dos vampiros são de sangue. Ele procurara aquele irmão por todos os cantos do sertão... e o matara! Era um desgraçado, amaldiçoado! Assassinara o último elo com seu passado. Estava só no universo. Uma alma penada. Naquele porão ficariam enterradas todas as perguntas sem respostas. A culpa o asfixiava. Banhou o rosto do irmão com lágrimas de sangue. Até que Antônio lambeu os beiços.

Vicente recuou.

A língua do irmão estava fora da boca, frouxa como uma meia velha pendurada para o lado de fora de uma gaveta. Por algum espasmo interno, talvez os gases da putrefação, a língua pulara. Melhor seria enterrá-lo novamente e acabar logo com aquilo.

Empurrou a língua de volta para dentro da boca. Encheu uma pá e jogou terra suavemente sobre o rosto de Antônio, com o coração dilacerado pela dor e pelo remorso, sem saber de onde tirar forças para continuar existindo dali em diante. Quando ia jogar a segunda pá de terra, a língua de Antônio pulou para fora novamente.

Ficou parado, segurando a pá.

A língua se moveu para um lado e para o outro, e a boca cuspiu terra!

Atirou a pá longe, ajoelhou-se, espanou rapidamente com a mão direita toda a terra do rosto do irmão e o puxou pelos sovacos, apoiando suas costas na parede da cova.

Foi ao quarto andar e voltou com um garrafão cheio de sangue de boi fresco. Começou a esvaziá-lo no rosto de Antônio, sobre a testa e os olhos, limpando suas faces com sangue.

A língua lambeu os lábios!

Abriu a boca do irmão, enfiou o gargalo lá dentro e despejou sangue de boi.

Antônio tremeu.

Estava morto-vivo!

Tirou-o da cova, deixou-o encostado a uma das paredes do térreo e continuou a lhe dar sangue de boi. O irmão mamou, cada vez mais sôfrego, até começar a piscar os olhos. E agitar os braços. E uma coisa espantosa começou a acontecer. As larvas que estavam dentro dele saíam, assustadas, como adolescentes fugindo de uma festa com a chegada da polícia. Saíam do nariz, dos ouvidos, das feridas da barriga, das pústulas nojentas das pernas.

O sangue do garrafão parecia estar irrigando todo o corpo e expulsando a morte definitiva.

Antônio abriu os olhos. E os manteve assim, enquanto bebia.

Olhou em volta, e para Vicente, que sorria.

Antônio levou a mão direita para trás, às costas, como procurando um apoio para erguer-se mais. Vicente largou o garrafão para ajudá-lo. E então levou uma facada na barriga!

O movimento foi tão rápido que, quando ele viu, já estava com a lâmina da faca enterrada até o cabo, cinco dedos à esquerda do umbigo.

Vicente o abraçou, radiante de felicidade:

— Meu irmão... Meu irmão!

Antônio o afastou:

— O que é isso? Está louco?! Enfiei uma faca na sua barriga, homem!

Vicente recuou, ainda sorrindo, arrancou a faca e jogou-a longe.

— Tudo bem, mano. Não tem problema.

Vicente abriu a camisa e Antônio viu o ferimento da faca cicatrizar rapidamente. A felicidade apressava a cura.

— Que diabo é você?!

— Sou seu irmão. — Vicente estendeu os braços para a frente.

— É o demônio? Sou irmão do demônio? — Olhou para a própria cova, depois em volta. — O inferno é isso?

— Não. Você não está morto.

— Não?

— Bom, também não está vivo. Mas é uma história comprida, meu irmão.

— Que negócio é esse de irmão?!

— Somos irmãos. E gêmeos! Olha! Vou mostrar...

Pegou a lamparina e arriou as calças.

— Pare com isso! Sou cabra-macho!

— A nádega esquerda. A tatuagem! Olhe bem.

Antônio ficou muito surpreso. Era o mesmo tipo de peixe, exatamente o mesmo desenho, as mesmas falhas, como um carimbo.

— O que está acontecendo?!

— Seu nome não é Lourenço. Você se chama Antônio. Nasceu em Lisboa em 1755, na época do grande terremoto, e foi criado por uma cozinheira gorda na quinta do duque de Aveiros, em Azeitão. O duque tentou matar o rei de Portugal, dom José I. O rei prendeu e matou o duque e toda a sua família. Primeiro quebraram todos os ossos do corpo de sua mulher e de seus filhos, até a morte, na frente dele, e depois assaram o duque vivo numa fogueira. A cozinheira fugiu com você para a terra dos parentes dela, ao norte de Portugal, na região de Trás-os-Montes. Você foi criado por ela na vila de Bragança até os 13 anos, e então ela morreu e você foi servir como soldado na fortaleza de Bragança, na fronteira com a Espanha. No começo de janeiro de 1775, você matou dois homens, por causa de mulher e jogo, e fugiu para o Brasil, para trabalhar em plantações de tabaco. Foi assim, não foi? Não foi?

Parou. Antônio o olhava de boca aberta, estupefato. Vicente continuou:

— Essa tatuagem de peixe que temos na nádega esquerda era um costume entre os peixeiros da freguesia de Madalena, em Lisboa, onde nascemos. Eles marcavam os filhos para que não fossem roubados ou vendidos como escravos aos espanhóis. Podiam fazer a tatuagem em outro lugar, para evitar constrangimentos, mas enfim... Sei que somos gêmeos porque uma prostituta falou de você quando foi para a cama comigo. Ela trabalhou num prostíbulo na vila de Bragança. Disse que nós éramos idênticos, "tão iguais quanto duas gotas de água"... "até na cama..."

— Como era o nome dela?

— Que importa? Prostitutas inventam nomes. Acho que era... Ricarda! Isso. Ricarda. Então eu fui atrás de você. Larguei tudo em Lisboa e fui atrás de você. Eu havia sido adotado por um casal que morava em Setúbal. A única coisa que eu sabia do meu passado é que meus pais haviam morrido no terremoto de Lisboa em 1755. Quando soube que tinha um irmão, e gêmeo, fiquei louco, precisava encontrar você. No caminho, nas montanhas que levavam ao norte de Portugal, fui atacado por bandidos que me roubaram e deixaram à morte, com a barriga rasgada, para que o sangue atraísse os lobos e estes sumissem com meu corpo. Mas aí eu virei vampiro e não morri.

— Sei... um vampiro...

— É. É o que eu sou! Não me olhe com essa cara! Eu tinha sido mordido por um vampiro quando era recém-nascido, e de alguma maneira o sangue dele ainda circulava em mim. Então, quando estava à beira da morte, virei vampiro e me salvei; virei um morto-vivo, continuei existindo. Depois eu explico isso. Então apareceu um vampiro, que eu chamo de mentor, porque foi ele que me ensinou tudo; foi esse mentor que me contou todo o meu passado, falou de meus pais, e de você. Tempos depois, eu fugi dele, vim sozinho para o Brasil. Há quinze anos corro o sertão de Pernambuco, de ponta a ponta, procurando você.

— Irmãos gêmeos?

— É. — Vicente estava sem fôlego.

— Gêmeos? Tenho 60 anos e você não passa dos 20!

— Virei vampiro aos 20 anos e parei de envelhecer!

— Ah, sim, claro.

— Pare de rir! Quer ver?

Vicente pegou a faca de volta e enfiou na própria barriga.

— Não faça isso! Maluco!

— Olhe aqui. A ferida fecha logo. Sou um vampiro. Um vampiro! E agora você também é. Eu acho.

Antônio olhou para o infinito.

— Ricarda.

— O que tem ela? — Vicente não entendeu.

— Ela não inventou.

— Como assim?

— Era mesmo o nome dela. Ricarda. Acho que você pode estar falando a verdade.

— Depois de tudo que eu disse, você vai acreditar em mim por causa dela?

— Foi a primeira mulher que tive na vida. Ninguém soube disso. Acho que a amei. Ricarda. Só para mim ela dizia seu verdadeiro nome.

— E para mim. Tinha uma grande marca de queimadura nas costas, no formato de uma borboleta.

— É ela mesma. Foi por Ricarda que matei dois homens em Bragança.

— Venha, Antônio. Vamos subir. Isso aqui está nojento. Essa cova cheia de larvas... Lá em cima é limpo e agradável, e temos muito tempo, quase a eternidade, para conversar.

Antônio apoiou as mãos no chão de terra para se erguer, mas não conseguiu. Suas pernas não se mexiam.

Vicente teve de subir com ele no colo.

Capítulo 8

Enquanto se existe, o mundo não acaba.

Foi um custo convencer Antônio a dormir em um caixão. Era um problema convencê-lo de qualquer coisa. Um homem bruto, solitário e durão, que sempre vivera sem freio, guiado pela própria vontade.

— Só me deito em rede.

Vicente instalou uma rede na cozinha para que ele passasse a noite, mas para fechá-lo no caixão durante o dia foi obrigado a esperar os primeiros raios do sol e colocar a mão dele fora da janela. Em segundos, sua pele começou a crepitar como papel sobre brasas e ele se convenceu.

Vicente sentia-se culpado: por ansiedade e ignorância desenterrara o irmão cedo demais e interrompera o tratamento. Da cintura para cima ele com certeza estava vampiro: os vermes tinham saído, as feridas fecharam completamente, os caninos cresciam quando ele bebia sangue e os ossos do crânio estavam recuperados dos socos. Apenas o amarelado da pele ainda preocupava.

— Sou amarelo mesmo. É de tanto comer polpa de buriti no sertão — Antônio explicou.

Seria o primeiro vampiro amarelado da história, porque o buriti não o deixou nem depois de morto.

Porém, da cintura para baixo, continuava mortal. Nas pernas, quase gangrenadas, as feridas não cicatrizavam e duas semanas depois ainda saíam larvas brancas desavisadas dos buracos nojentos. Não conseguia movimentá-las.

"Fiz do meu irmão um homem composto, um morto-vivo literalmente", Vicente se recriminava.

Antônio pediu para que ele limpasse as feridas com uma mistura de cachaça e tabaco e as cobrisse com casca de angico.

— Se minha metade de baixo é normal, pode ser tratada.

— Tem razão. Desculpe. Esqueci da medicina.

Lentamente, semana após semana, as pernas foram melhorando.

A paralisia obrigou Antônio a ficar quieto e ouvir as instruções sobre como ser vampiro. Foi um aluno atento e interessado. Pareceu até ter gostado de virar vampiro.

Os dois tiveram longas conversas, contaram suas vidas e responderam perguntas. Se fosse possível juntar todos os diálogos em um só, ficaria mais ou menos assim:

— Eu sabia que tinha um irmão gêmeo, e que se chamava Vicente. Minha mãe de criação, a cozinheira do duque de Aveiros, conhecia minha história. Nós dois fomos achados nas ruínas de uma igreja, dias depois do terremoto. Sobrevivi mamando o leite de uma mulher que perdera o filho, e você bebendo o sangue de um homem morto.

— É. Eu virei símbolo do mal e você do bem. Se conhecia minha existência, por que se comportou daquele jeito quando me apresentei?

— Há quatro décadas não sou mais Antônio. Meu nome é Lourenço Duarte de Oliveira. Como queria que eu reagisse diante de um maluco quarenta anos mais moço, arriando as calças e dizendo ser meu irmão gêmeo?

— É complicado mesmo.

— E, por falar nisso, quero pedir um favor.

— Diga.

— Me chame de Lourenço. Não me acostumo mais com Antônio. Assim parece que sou dois, e não quero pensar em dobro.

— Está bem.

— Já vivi e andei muito, então nada me espanta, mas quem sempre desconfia acaba ficando sábio. Você tinha tudo para ser maluco, mas dizia coisas que só eu podia saber, como o meu nome verdadeiro e tudo o mais. E, quando falou de Ricarda, só me restou acreditar em todo o resto, até nesse negócio de vampiro. É acreditar ou ficar louco também. Ricarda... Todo homem quer ter uma saudade e às vezes não encontra. Eu tenho Ricarda. E você a conheceu.

— Eu e Ricarda...

— Não me fale o que vocês fizeram ou eu encontro um jeito de matá-lo como fiz com os outros dois. Diabo de mulher fácil. Aquela só não namorava carrapato por não saber qual é o macho.

— Tudo bem. Então você afinal acredita em mim.

— Acredito. Ninguém podia saber o que você sabe se não fosse o meu irmão gêmeo. Tem essa tatuagem na nádega. E não podia estar com 20 anos se não fosse uma maldita alma do outro mundo.

— Sou deste mundo também. Ou pelo menos *estou* nele.

— A verdade é que, assim que eu vi você, levei um grande susto. Era eu! Foi como se eu mesmo, aos 20 anos, tivesse aparecido como fantasma para me atacar. Você sou eu há quarenta anos, quando cheguei ao Brasil. Estou diante de um espelho que congelou meu reflexo por quatro décadas.

— E você para mim é um espelho refletindo o futuro.

— Não. Seu futuro não serei eu. Não levará a vida que levei esses quarenta anos. Ficou na juventude do corpo, e a água do rio sempre é limpa nas cabeceiras. Dá para sentir que não criou calo no coração.

— Procurei por você por toda a parte, Antônio... Lourenço.

— Matei dois homens por ciúmes de Ricarda e para ficar com o dinheiro de uma noite de carteado perdida. Então, fugi para cá, para trabalhar em plantações de tabaco. No meio da viagem, um sujeito me reconheceu e chantageou. Se eu não lhe desse todo o meu dinheiro, ele contaria meus crimes para o comandante e eu seria preso e enforcado. Concordei, mas só entregaria minhas moedas de ouro na véspera do desembarque, para que ele não pudesse me denunciar mesmo depois de ter sido pago. Ele concordou. Então, na noite em que ancoramos aqui na costa, encontrei-o na amurada do navio. Levei meu saco de moedas, mas o que ele ganhou foi uma facada entre as costelas, bem na altura do coração. Antes de atirá-lo ao mar, roubei todos os seus documentos, embrulhei-os junto com o dinheiro num couro bem curtido em alcatrão, mergulhei e nadei. E foi assim que cheguei a Recife.

— O nome do homem era Lourenço.

— Pois é. Agora é o meu. Mas fiquei com medo de viver nesta vila e me afundei nos sertões. Era 1775. Pernambuco estava sofrendo com uma seca tremenda e uma epidemia de varíola. Procurei trabalho nas plantações de tabaco, mas acabei sobrevivendo de caçar paca e tatu, até entrar para o bando do maior bandido que já existiu por esses lados, o Cabeleira.

— Ouvi falar.

— Pior que o demônio. Em 1776 roubamos a ajuda que o governo mandava para a seca e a varíola. Aí o governador juntou todas as forças da lei e acabou pegando o Cabeleira no canavial do Engenho Novo do Pau-d'Alho. Eu disse para ele não se enfiar lá. É burrice se esconder em canavial na época da colheita. Cercaram e foram cortando a cana até acharem ele. Cabeleira foi enforcado em 1776, aqui mesmo, no largo das Cinco Pontas. Fugi para o sertão da Bahia, para não ser morto também pelas tropas do capitão-mor Cristóvão Cavalcanti. Comi o pão que o diabo amassou, mas aguentei minha sina. A gente não pode se meter na toca da onça e depois reclamar que ela é má. Quem sofre por mim sou eu. Descobri que Deus é grande, mas o sertão é maior ainda. Sempre achando que meu destino era o tabaco, fui me chegando perto da vila de Cachoeira, no Recôncavo baiano, caçando e roubando farinha, legumes e cachaça para vender nas feiras, sempre duelando com a necessidade. Até que me amiguei com uma caboclinha e fui morar na capuaba dela. Eu era um cabra bonito. Se quiser saber como eu era é só se olhar no espelho. Cachoeira era o centro da produção de tabaco na Bahia. Tabaco é lavoura de pobre, não precisa muito recurso: pode começar no fundo do quintal, junto com a mandioca. Em pouco tempo eu já produzia quatro rolos de fumo trançado com 12 arrobas no total. A 1.200 réis a arroba, já dava até para ter dois escravos e beneficiar o tabaco, enrolar bem e pincelar com melado. Descontado o carreto para o atravessador em Cachoeira, o lucro era grande. Vivi bem naquele tempo. Voltei a comer em mesa. Sosseguei.

— Quando foi isso?

— De 1778 em diante. Uns dez anos. Mas minha alma é inquieta. Não sei fazer o que não estiver em mim. Eu vivia bem ali, longe do arrocho das autoridades, prosperando devagar. Mas o corpo é bobo. Voltei a me meter com jogo e mulher, perdi minha caboclinha e não arrumei outra. Aí descobri que não tem nada mais solitário do que uma casa no meio do sertão. Vendi os escravos para pagar dívida de carteado. Apostei meu último negro numa partida idiota de gamão e perdi. A plantação ficou abandonada. Mas eu já tinha tomado gosto pelo

Na página anterior: O Cabeleira, como era conhecido o cangaceiro José Gomes, aterrorizou Pernambuco em fins do século XVIII. Sua vida acabou sendo tema de um livro da autoria de Franklin Távora, *O Cabeleira*, publicado em 1876. O movimento do cangaço abalou o Nordeste brasileiro principalmente em meados dos séculos XIX e XX: grupos violentos assaltavam fazendas e cidades, sequestravam e matavam. Entre todos os cangaceiros, o de maior fama foi Virgulino Ferreira da Silva, o Lampião (1898-1938).

enriquecer e comecei a pensar em como ir da miséria para a riqueza de um jeito mais rápido. Foi aí que entrei para o comércio de negros.

— Que horror! Por que...

— Não venha com abolicionismos! Não estou no mundo para amar o próximo, mas para ajeitar um modo de viver. Se quiser, eu paro de contar. Foi você que pediu para eu remexer no já vivido!

— Tudo bem. Continue...

— Pensei então: para que serve o tabaco que eu planto? O comércio do tabaco era monopólio de Portugal e só os grandes mercadores podiam negociar com ele a partir das alfândegas de Salvador e daqui, do Recife. O tabaco de primeira produzido na Bahia e em Pernambuco ia para Lisboa e de lá para o resto da Europa. O de segunda, que era o que eu produzia, ia para a África.

— Para a África?

— Tabaco é a mercadoria de troca para se comprar escravos em Angola, na Costa da Mina e no Golfo da Guiné. Os regimentos régios não permitem que se levem ouro e prata para a África, com medo de que eles acabem nas mãos dos piratas franceses, holandeses e ingleses. Mas a verdade é que os chefes das tribos africanas adoram tabaco. Aprisionam seus próprios vizinhos para trocar por fumo. E por cachaça também. Já comprei muitos negros com cachaça. Se você quer defender o abolicionismo para valer, deve ir pregar suas ideias lá na África, falar para os negros pararem de caçar seu próprio povo para trocar por fumo e cachaça... porque eu sou testemunha: não são os portugueses que fazem os prisioneiros; já os encontramos prontos para a troca. Os africanos nos chamam de siris.

— Por quê?

— Fazemos negócios na areia da praia. Atracamos com um navio cheio de tabaco e cachaça de segunda e saímos abarrotados de negros. E quando chegamos aqui o lucro é enorme. No comércio do tabaco fiz amizade com um negociante de escravos, que me arranjou colocação num navio negreiro. Era ali que estava o dinheiro. Dei muita sorte. Foi naquela época, nos anos de 1790, que apareceram essas bobagens de abolicionismo, e as pressões foram tantas que os ingleses e os americanos começaram a sair do negócio. Deixaram o mercado para os portugueses. Ganhei dinheiro de verdade. Cheguei a atravessar o Atlântico quatro vezes por ano. Passei a fretar meu próprio navio. Aí descobri que não queria ter lugar fixo para viver, sempre com medo da minha identidade falsa. Passei a morar em hotel, nos portos. Rio de Janeiro, Bahia, Pernambuco, Maranhão, no Sul... até na Amazônia já fui parar para vender meus negros. Minha sina é andar andando. E olha onde vim parar... rangendo rede.

— Você vai ficar bom.

— É. Deus é paciência. A única filosofia de vida que eu tenho é aceitar o que vier e dar o corpo ao que suceder. Quando a gente nasce, ninguém promete que vai ser fácil, não é? A única coisa a fazer é aguentar o existir. Mas então... vivi assim até agora, sem pouso. Enriqueci a ponto de emprestar para senhor de engenho. Tenho devedores em várias partes do Brasil. Mas de uns tempos para cá a vida anda me pesando. É a idade. Então comecei a pensar em virar eu mesmo dono de engenho de cana-de-açúcar. Já me sinto uma faca procurando a bainha. Não vou aguentar muito tempo essa vida de navio e pistola na cintura. Os tempos mudaram. Os ingleses chegaram aqui de vez e estão mandando e desmandando com seus tratados de comércio. Vão pressionar contra o mercado de escravos e os monopólios. A rainha acabou de morrer. Dom João é um pau-mandado da Inglaterra. Se arranjo um engenho para mim, fico seguro e me torno até um *nobre*, recebo insígnias, honras e mercês da Coroa, hábitos de Ordens Militares, termino a vida como coronel de milícia, barão...

— Comprar e manter um engenho custa uma fortuna.

— Eu sei bem. Lenha para as fornalhas, madeira para moendas, bois, cavalos, escravos e todas as peças de cobre e ferro que vivem se estragando... Já financiei alguns engenhos. E é justo por isso que agora estou numa fase ruim. Eles faliram e não me pagaram. No começo, achei até bom, pois podia conseguir um engenho como pagamento de dívidas. Fui estúpido. A Coroa protege os senhores de engenho. As leis proíbem que os bens produtivos sejam sequestrados para pagamentos de dívidas. A cobrança só pode incidir sobre a renda, que num engenho falido é nenhuma, naturalmente. Tenho perdido muito dinheiro, sem esperanças de reavê-lo. Há pouco tempo, em vez de vender uma partida de negros por 20 mil-réis cada um, à vista, vendi por 40, a prazo, e acabei não recebendo nada de volta — nem os escravos, porque eles são "bens produtivos"... E foi por isso que acabei alugando este maldito sobrado mal-assombrado!

— Ia abrir uma loja?

— Deus me livre e guarde! Se sou obrigado a morrer, pelo menos não cavarei a própria cova. Não sou homem de viver de retalho. Se é para viver parado e esperar a morte, que seja em lugar amplo, e não entre quatro paredes, já ensaiando para o túmulo.

— Mas então para que alugou aqui? Isso não me sai da cabeça. Não consigo entender. Um sobrado com fantasma!

— Quem está vivo é que tem de viver. Quem morreu que vá passear no outro mundo e desocupe o lugar.

— Mas então o que você veio fazer aqui? Se era só para guardar os negros durante a noite, por que foi destruindo as paredes e subindo?

— Guardar os escravos no térreo foi só um disfarce.

— Está me dizendo que sua intenção era só quebrar as paredes de todos os pavimentos?

— Foi um sonho.

— Seu sonho não era ser senhor de engenho?

— Não... Digo um sonho mesmo, desses que a gente tem dormindo. Começou no navio. Tinha acabado de negociar mais da metade de uma partida de negros da Guiné em Salvador e estava vindo vender o resto em Recife, quando comecei a sonhar com este sobrado. Sempre o mesmo sonho. Um vulto todo de branco aparecia aqui no térreo... Conheço a rua da Cruz há muitos anos. Sei da fama desta casa. No sonho, o fantasma parecia querer dizer alguma coisa.

— Era homem ou mulher?

— Sei lá. Não fico reparando em sexo de fantasma. Era só um vulto. Deslizava junto das paredes lá de baixo, batendo com o punho fechado. Acabei achando que estava me indicando onde enterrara o tesouro.

— Você sabia do tesouro?

— O que não falta em Recife são lendas de riquezas ocultas de judeus, holandeses e jesuítas. Um tesouro era tudo que eu precisava. Com um tesouro eu compraria meu engenho. Não custava tentar. Aluguei o sobrado e coloquei meus escravos aqui para disfarçar. Não queria fazer papel de bobo nem que ficassem sabendo, caso eu descobrisse alguma coisa. Esta vila está cheia de bandidos. Comecei a quebrar as paredes durante a noite, com intervalos de semanas entre um andar e outro. Até você aparecer e estragar tudo.

Então não havia sido coincidência. Sofia atraíra Lourenço para ali aparecendo em seus sonhos. De alguma forma ela conhecia o desejo mais profundo de Vicente: encontrar seu irmão gêmeo. Sofia existia!

Capítulo 9

A língua sempre bate onde dói o dente.

Vicente agora passava as noites com o irmão, conversando, tratando de suas pernas, trazendo sangue para alimentá-lo. Sendo vampiro da cintura para cima, Lourenço não podia se alimentar de outra coisa a não ser sangue, e este de alguma forma o fortalecia também da cintura para baixo. Não reclamava da situação. Aceitou a condição de vampiro, ou meio-vampiro:

— De que adianta repuxar as ideias? Eu me conformo com o que me acontece. Não posso pensar para trás. Você está me dizendo que como vampiro o tempo não vai mais me gastar. Isso é uma coisa boa, porque eu já vi muitas nuvens passarem no céu e essa velha carcaça não ia durar muito. Vou ficar nessa rede até as pernas sararem e voltarem a me obedecer. Muitas vezes demonstração de força é ficar quieto.

Os meses foram passando. As pernas de Lourenço sararam completamente, mas continuaram mortais e sem movimentos. Vicente arranjou muletas para o irmão, e ele se exercitava pela cozinha. Talvez voltasse a andar, mas o processo seria bem lento e exigiria muita força de vontade.

Aos poucos, Vicente voltou a pintar e a encontrar o padre João Ribeiro e o frei Caneca. E, a cada vez que chegava de um desses encontros, empolgado pela revolução *patriota* iminente, discutia com o irmão, um *vassalo* convicto. Dois inimigos morando sob o mesmo teto.

— Você se deixa levar pela conversa desse padre João Ribeiro... — Lourenço provocava.

— É um líder intelectual, e seus ideais libertários são a...

— "Ideais libertários"? Você é tolo. Ele é carmelita. Nunca desconfiou da razão de os carmelitas estarem tão interessados em livrar o Brasil de Portugal? A ordem dos carmelitas é grande proprietária de terras. O engenho Camassari é deles, não sabia? Esses padres têm os mesmos interesses que os senhores de engenho, os plantadores de algodão, os ingleses e americanos do norte... por isso, estão se unindo.

— Você é um monopolista!

— Sou um comerciante. Bebo água de qualquer rio. Vocês querem fazer uma revolução para trocar seis por meia dúzia. Ou pensam que os mercadores ingleses vão ser melhores que os portugueses? Comércio é comércio. O ideal é ganhar o máximo possível.

— Quando nos livrarmos da tirania da Coroa portuguesa, vamos estabelecer um regime diferente, liberal: todos terão direitos sociais e o povo vai...

— Oh, "o povo"... Agora que precisam dele para ter força para derrubar o rei, vão encher a cabeça dos pardos e dos negros com todo tipo de promessas de igualdade, fraternidade e toda essa frescura dos franceses. Na França não tem escravo negro. Quero ver liberdade e igualdade é aqui. Quero ver os senhores de engenho libertando seus escravos. Acho até graça. É preciso ser muito bobo para acreditar nessas ideias novas. O que o Brasil precisa é de pulso forte. Não é pelo "amor ao próximo" que se governam os homens, mas pelo medo. Vocês estão mexendo em formigueiro, depois não se queixem quando forem picados. Há pouco tempo um barbeiro nativo se recusou a aparar minha barba porque eu era português. Já me gritaram na rua "Morra, português!".

— Estão tomando consciência.

— Vocês estão é estragando a consciência deles. Nós, os mercadores coloniais, somos a escora. Sem a gente, tudo vai cair.

— Vocês são a escora, sim, mas é do absolutismo!

— Que seja! Pelo menos ele tem força, e a força traz a paz. Sem paz não há comércio nenhum. A rebelião contra o rei é o pior dos crimes, é lesa-majestade.

— O poder absoluto é que é um crime!

— Manda quem pode, obedece quem serve. Sempre foi assim e sempre será. O povo é ignorante. Alguém tem de pensar por ele e dirigi-lo.

Em todos os tempos existem os dominados e os dominadores, e viver é tentar deixar de ser um daqueles para entrar no mundo destes. É simples. Essas revoluções só servem para substituir uma classe de dominadores por outra.

— Não! As Luzes vão afastar o obscurantismo. Vamos emancipar o povo! Criar uma sociedade nova, uma república ideal, onde a exploração...

— Vão misturar pobres com ricos e acham que haverá paz? Alguém vai se conformar em ser pobre enquanto o outro é rico? As coisas só dariam certo se todos fossem ricos, mas isso não é possível. Quem faria o trabalho pesado? Vocês estão é enganando o povo. Vão pôr armas nas mãos dele para combater o exército português... e depois?

— Todos se sentarão juntos às mesas de decisões, com os mesmos poderes, para decidir juntos o destino da pátria brasileira.

— Oh... livrai-me Deus dos idealistas. Estão sempre querendo tomar o mundo para si, dizendo que vão consertá-lo, e as coisas só pioram.

As discussões entre os dois varavam as noites, e quase sempre terminavam com Vicente subindo furioso para o ateliê, tentando se controlar, sem conseguir trabalhar em suas aquarelas. Lourenço, de muletas, não chegava lá em cima.

Entraram assim no ano de 1817.

Sofia não tornara a aparecer. Isso causava imensa tristeza em Vicente. Lourenço o ridicularizava:

— Um vampiro apaixonado por uma mulher que não existe só podia mesmo acreditar em revoluções republicanas numa terra de escravos. Você vive entre fantasmas, meu irmão.

Tentou provar a existência de Sofia mostrando os retratos que fizera dela.

— São só desenhos. — Lourenço balançou a cabeça. — Arte. E daí? Com a imaginação se pode fazer qualquer coisa. Com a realidade é diferente, meu menino.

— Eu a pintei como um modelo vivo. Ela posou para mim ali em cima, no ateliê!

— É comum os idealistas confundirem o sonho com a realidade.

Vicente tinha vontade de socá-lo, mas se controlava. Já se sentia culpado o suficiente por tê-lo transformado em um inválido. E Sofia não aparecia havia tanto tempo que começou a temer que o irmão tivesse razão.

Em fevereiro de 1817 as conspirações contra o governo se intensificaram. Vicente se reunia com maior frequência com João Ribeiro e frei Caneca, e voltava para casa empolgado, falando das dezenas de revolucionários que aderiam à causa republicana a cada dia, dos encontros secretos e dos planos dos *patriotas*, querendo provar a Lourenço que ele estava errado, que a situação mudaria, que o sonho se tornaria realidade. Por todo lado, ouviam-se expressões como "lançar as bandeiras portuguesas abaixo", "assassinar os representantes da Coroa" e "matar os vassalos".

O governador Caetano Pinto Montenegro fingia ignorar essas manifestações. Continuava a governar sem se importar com os liberais, que se encontravam abertamente para discutir as novas ideias políticas, entre eles, os próprios funcionários e grande parte dos militares.

Uma noite, não encontrando os padres com quem deveria se reunir, Vicente se sentiu culpado por deixar o irmão tanto tempo sozinho e voltou muito mais cedo para casa. Ao dobrar a esquina da rua da Cruz tomou um grande susto. Lourenço acabava de sair do sobrado pela porta da frente!

Lá ia ele, coberto por um grosso capote, andando normalmente pela calçada, sem muletas!

Vicente seguiu-o.

Ao passar em frente ao sobrado, viu que duas tábuas pareciam pregadas, mas na verdade estavam soltas, formando uma passagem secreta. O irmão devia estar entrando e saindo com frequência!

Lourenço foi em direção à ermida do Corpo Santo e cruzou toda a rua da Cadeia, em direção à ponte de Santo Antônio. A certa altura se aproximou de um negro que montava guarda diante de um armazém, como se fosse pedir informações. De repente, pulou sobre ele e cravou os dentes em seu pescoço! O escravo era muito forte e tinha um facão na cintura, mas foi dominado facilmente. Vicente não acreditava no que via. Lourenço fingira ser um velho alquebrado, paralítico, fraco. Ali estava agora, forte, ágil, determinado, fincando os caninos afiados na jugular do negro e sugando seu sangue até a morte! Enxugou a boca com um pedaço do forro do capote, pôs o corpo do escravo nas costas como se não pesasse mais do que um pé de couve, dobrou uma viela à esquerda, levou-o assim até o cais da alfândega e jogou-o no Capibaribe.

A transformação de Lourenço era espantosa. Difícil de acreditar.

Um vampiro não consegue ler os pensamentos dos vampiros criados

por ele. Por isso, Vicente não pôde ter conhecimento do que se passava na cabeça de Lourenço todo aquele tempo. Lourenço também não podia ler seus pensamentos, simplesmente porque não podia ler o pensamento de ninguém.

Leitura de pensamento é empatia — explicara o mentor. — *Se você se colocar profundamente no lugar do outro, se sentir como o outro, vai acabar conhecendo seus pensamentos como se os estivesse lendo.*

O total individualismo do irmão o tornava incapaz de qualquer empatia.

Lourenço retornou à rua da Cadeia, atravessou a ponte para Santo Antônio, seguiu à direita, margeando o Capibaribe, até o extremo norte da ilha, onde ficava o Palácio do Governador, e bateu na porta!

Vicente escondeu-se, pulando para a copa de uma amendoeira.

Empoleirado em um galho alto, viu seu irmão seguir um pajem até o gabinete do governador.

Lourenço e Caetano Pinto Montenegro apertaram as mãos!

A distância era suficiente para que sua audição de vampiro escutasse a conversa. Ouviu claramente. Seu irmão estava denunciando ao governador todos os nomes dos conspiradores *patriotas*, os locais onde se encontravam e os planos da Revolução Pernambucana. Repetia, quase com as mesmas palavras, o que o próprio Vicente lhe contara.

10

Capítulo

O que a vida quer da gente é coragem.

Lourenço enganara-o fingindo a paralisia das pernas e usando a aparência inofensiva para obter informações sobre as atividades revolucionárias. Um espião sórdido. Um chantagista emocional. Um *vassalo* miserável. Absolutista canalha! Ia pagar caro por aquilo. Vicente decidiu segui-lo mais algumas noites para entender melhor seus planos e saber o que fazer.

Na noite seguinte, como sempre, o irmão acordou "sentindo muita dor nas pernas" e se arrastou pela cozinha de muletas, gemendo. Vicente deu a desculpa de sair para encontrar os companheiros, disse que ia chegar tarde e ficou de tocaia no alto do sobrado em frente.

Lourenço saiu logo, deslocando as tábuas soltas da porta, andando rápido pelas calçadas escuras. Envolto em seu capote preto, atravessou a ponte para Santo Antônio, cruzou a praça da União, com suas grandes lojas fechadas àquela hora, dobrou à direita, e foi em frente até entrar numa casa baixa, no meio de um lote coberto por um alto matagal, nos fundos da igreja do Sacramento. Uma casa abandonada, às escuras. Vicente subiu no telhado velho, meio desabado, e pelos vãos das telhas viu o irmão acender uma lamparina.

Havia quatro negros lá dentro, em pé, parados, encostados na parede, olhos abertos e fixos, muito fortes, enormes facões na cintura... Vicente soube assim que os viu. Mortos ressuscitados para servir.

Zumbis!

Lourenço ordenou:

— Vamos!

Os quatro saíram pela porta de trás e foram ao fundo do lote. Escondida embaixo de uma vela encardida de navio havia uma liteira larga, nova, com seus adornos reluzentes em metal. Eles a levaram para a frente da casa. Lourenço entrou nela. Cada um deles segurou uma das pontas das varas laterais, e partiram.

Vicente ficou sobre o telhado, aturdido.

Quantas coisas seu irmão fora capaz de fazer naqueles últimos meses? E ele não suspeitara de nada! Como Lourenço aprendera a transformar cadáveres de escravos em zumbis a seu serviço?

Foi atrás dele.

Zumbis podem atingir grande velocidade, mas não dão saltos como os vampiros. Ele simplesmente pulou sobre o rio Capibaribe e os alcançou em Recife.

Pouco depois da ponte, haviam estacionado numa rua afastada, formada por sete casas enfileiradas e um muro comprido do outro lado. De todas as casas saíam músicas e vozes altas. A famosa rua dos Sete Pecados Mortais. O movimento era grande. Lourenço entrou numa das casas com pose de grande senhor. Os escravos-zumbis ficaram esperando.

Vicente odiou o irmão mais ainda. Dessa vez, por pura inveja. Por ser mortal da cintura para baixo, seu irmão continuava a poder fazer sexo.

Voltou ao sótão e custou a dormir, consumindo-se em raiva e despeito, achando-se a mais imbecil das criaturas por não ter sequer desconfiado da vida dupla que seu irmão gêmeo levara todo aquele tempo.

O dia era 6 de março de 1817.

Enquanto a insônia o fazia revirar no caixão, pensando no que fazer, do lado de fora a revolução estourou.

As denúncias de Lourenço tinham sido a gota d'água. Ele levara ao governador a informação, dada por Vicente, de que a revolução estava marcada para a Páscoa, no dia 5 de abril.

Caetano Montenegro vinha sendo pressionado pelos portugueses a tomar uma atitude contra os *patriotas*. Além de Lourenço, um espião já se infiltrara nas reuniões dos rebeldes e também fizera denúncias graves. O governador foi obrigado a agir: convocou um conselho de

Localizado no bairro de Santo Antônio, na ilha de Antônio Vaz, o Campo do Erário era o local onde funcionava a tesouraria da capitania de Pernambuco. Hoje, o local abriga a praça da República.

oficiais portugueses, *vassalos*, para as oito horas da manhã do dia 6 de março, a fim de decidir que medidas tomar. Um coronel sugeriu que os revoltosos fossem chamados para uma "reunião" ali no palácio e fuzilados. Outros, lembrando que os tiros fariam muito barulho, votaram pelo envenenamento. Afinal ficou acertado que, por enquanto, os cabeças do movimento — entre eles, o padre João Ribeiro — seriam presos e levados para a fortaleza de Cinco Pontas, em Santo Antônio.

Os líderes *patriotas* civis souberam dessa decisão e se refugiaram na casa de um comerciante rico, produtor de algodão e maçom influente, e depois conseguiram escapar. Mas os líderes militares revoltosos começaram a ser detidos por seus comandantes. No regimento de artilharia, um brigadeiro, *vassalo* arrogante e violento, deu voz de prisão a um capitão *patriota*. Este atravessou com a espada o peito do brigadeiro e o matou!

Dois oficiais portugueses que assistiam à cena saíram correndo. Um deles saltou a janela e se escondeu em algum lugar do quartel. O outro fugiu pela porta, deixando a espada para trás, passou correndo pelo corpo da guarda e só parou no Palácio do Governador.

O governador achou que o oficial estava exagerando e mandou um tenente ao regimento de artilharia ver o que se passava.

Assim que o tenente entrou no quartel, ouviu o grito de "Fogo!" — e foi fuzilado.

A revolução tinha estourado! Um mês antes da data marcada, para surpresa dos próprios revolucionários.

A confusão se alastrou pelas ruas, o povo gritando contra os *vassalos*, clarins tocando, sinos badalando... Caetano Montenegro ordenou que parte das tropas ocupasse o Campo do Erário, para defender o Tesouro público. Alguns portugueses conseguiram chegar ao porto e se refugiaram em navios; outros se trancaram em casa. Os comerciantes fecharam as portas às pressas. Os militares *vassalos* recebiam armas para defender o governo. Os soldados *patriotas* se reuniam nos quartéis e em seguida saíam pelas ruas gritando "Viva a Pátria!".

Entre a multidão de revoltosos que tomava as ruas estava o padre João Ribeiro, carregando a bandeira branca da insurreição e insuflando os ânimos do povo, aos berros:

— Soou a hora da liberdade! O Brasil está livre de seus tiranos!

O caos em Recife e Santo Antônio era total. Todos os homens estavam em armas, atirando e gritando.

Logo chegou ao governador a notícia de que quase toda a tropa havia aderido aos *patriotas* e se preparava para atacar o palácio. Ele então reuniu os oficiais e soldados de sua guarda pessoal e fugiu, conseguindo chegar à fortaleza do Brum, no caminho para Olinda. Trancou-se lá dentro, com uma guarnição de 120 homens, deixando abandonado todo o resto do exército, que ficou disperso pela cidade, sem comando.

Enquanto isso, um grupo de *patriotas* invadia a prisão no largo da Cadeia, libertando e dando armas tanto para insurgentes como para presos comuns, facínoras perigosos. Os bandidos saíram pelas ruas gritando "Mata! Mata!", assassinando os portugueses que encontravam pelo caminho, entrando nas casas e lojas e roubando todo o dinheiro e ouro que podiam.

Em Recife, um grupo de *vassalos* conseguiu retirar duas peças de artilharia de um navio, levá-las para o Arco da Conceição e de lá tentou explodir

a ponte, na intenção de isolar os revoltosos em Santo Antônio. Do outro lado do rio, um canhão dos *patriotas* os dispersou, matando três e fazendo os outros pularem na água e procurarem refúgio nas embarcações portuguesas.

As tropas que defendiam o Campo do Erário foram cercadas pelos rebeldes, provocando a rendição dos adversários, e os *patriotas* tomaram posse de fabulosos 600 contos de réis!

A conquista do Tesouro público selou a vitória dos insurgentes.

Faltava apenas a rendição do governador, o representante maior da monarquia portuguesa.

A noite daquele 6 de março de 1817 afinal chegou, e os líderes revolucionários se reuniram na casa da guarda do Erário para encontrar um meio de destituir o governador Caetano Montenegro.

Em seu caixão, Vicente acordou.

Capítulo 11

O que os olhos veem o coração sente.

Acordou sem saber de nada e encontrou Lourenço na rede da cozinha, reclamando das dores nas pernas. Consolou-o, incentivou-o a se exercitar com as muletas e saiu. Ia com a intenção tardia de alertar os amigos *patriotas* de que o governador tinha conhecimento de todos os planos.

Saltou da janela do quinto andar. Sonhara com Sofia e ainda tinha fiapos da bela imagem dela na consciência, por isso custou a assimilar o quadro repugnante de um português morto no quintal dos fundos, já parcialmente comido pelos cães.

Pulou o muro e, em pouco tempo, inteirou-se do que havia ocorrido. Acabou encarapitado no beiral do telhado do prédio do Erário, em Santo Antônio, ouvindo o que diziam os líderes revolucionários, entre eles, seu amigo João Ribeiro.

Uma patrulha de trinta homens acabara de chegar informando que a guarnição de Olinda aderira ao governador e se trancara com ele na fortaleza do Brum.

Decidiram então que na manhã do dia seguinte reuniriam os *patriotas*. Armados e com todos os canhões disponíveis, atacariam a fortaleza.

Tomado de ansiedade e excitação, radiante de alegria pela vitória dos *patriotas*, lembrou que o irmão àquela hora poderia estar tramando alguma maneira de socorrer o governador.

Estava perto da casa abandonada onde Lourenço escondia seus zumbis, atrás da igreja do Sacramento. Foi até lá.

As ruas estavam desertas. Depois da convulsão social daquele dia, o povo havia se trancado em casa. Ao se aproximar da igreja, avistou a liteira do irmão partindo veloz em direção a Recife!

Cortou caminho, pulou o Capibaribe e os esperou do outro lado da ponte. Arrancou uma viga de madeira grossa da amurada e atravessou--a diante deles. O choque foi tremendo. Os dois zumbis da frente foram atingidos na barriga e se dobraram ao meio, quase partidos em dois. A liteira capotou, voou por cima de Vicente e se espatifou no calçamento de pedra, já do lado de Recife, levando de cambalhota os dois negros que a seguravam por trás.

Foi tudo muito rápido e barulhento. Os moradores das casas próximas começaram a acender lamparinas para ver o que havia acontecido. Vicente ainda viu um dos zumbis retirando Lourenço de dentro da carruagem destroçada, enquanto os outros três já se recuperavam e avançavam para ele. Cruzou a ponte em direção a Santo Antônio e correu. Precisava se afastar, para bem longe. O povo não podia assistir a uma luta daquelas...

Atravessou de Santo Antônio para Boa Vista, não tão rápido que os zumbis não pudessem segui-lo. Um deles vinha carregando Lourenço nas costas. Acabaram-se o disfarce, a mentira, o fingimento. Agora era a guerra! Vinham em silêncio. Não queriam alcançá-lo. Ao irmão também não interessava um confronto daqueles diante do povo. Vicente cruzou a ponte

da Boa Vista, dobrou a direita e continuou correndo pela margem, em direção ao litoral, passando pelas casas de veraneio, seguindo adiante, ladeando o rio, até chegar a um extenso areal deserto, próximo de um intrincado manguezal. Então parou e se voltou contra eles, pronto para a luta.

Não tão pronto assim. Havia subestimado a força dos zumbis. Os três negros caíram sobre ele dispostos a exterminá-lo!

Foi golpeado nas costas e nas pernas e em segundos estava de joelhos na areia. Braços fortíssimos o prendiam por trás. Um chute violento no peito. O cabelo puxado, quase arrancando seu couro cabeludo, forçando o pescoço a ponto de quebrá-lo. O brilho do luar no aço do facão. Iam decepar sua cabeça.

Um tiro abriu um buraco no peito do zumbi que erguia o facão e o atirou longe. Com um safanão violento Vicente se desprendeu e rolou pela areia. Gritos em uma língua estranha. Um cavaleiro a galope na direção deles, um bacamarte muito antigo na mão direita, com o cano ainda fumegante, e na esquerda uma lança em riste. Vinha todo vestido com veludo preto bordado com fios de ouro. Do mesmo material também pareciam ser seus cabelos, que escorriam até os ombros, bem como os metais de sua sela e bridão. Com um gesto elegante da lança deu uma bordoada em um dos negros, lançando-o aos galhos torcidos do manguezal. Afastou-se, sempre a galope, e se desfez na distância, como fumaça levada pelo vento.

O zumbi que carregava Lourenço o deixou sentado na areia e partiu em direção a Vicente, com o facão na mão direita. O outro ainda estava a seu lado. Os dois facões bateram no ar quando Vicente recuou a cabeça. Pulou para trás, ergueu-se e chutou a canela de um deles, com violência suficiente para quebrar um poste, mas o zumbi não se abalou e acertou um soco em sua barriga que o dobrou em dois antes de fazê-lo cair de cara na areia.

O terceiro voltou do manguezal. Pularam em cima dele e o imobilizaram. Novamente puxaram sua cabeça para trás pelos cabelos. Viu Lourenço a distância, ainda sentado na areia, e compreendeu que o irmão estava com a perna quebrada. Os dois se olharam nos olhos, profundamente. Mesmo prestes a ser degolado a mando de Lourenço, Vicente foi invadido por uma empatia avassaladora... Era como se a perna quebrada fosse a dele, a dor, o desamparo... Toda a vida do irmão passou por sua mente, como se estivesse sugando seu sangue: o abandono, a orfandade, a vida miserável, a luta, o sertão inóspito, o ódio aos homens... Nem reparou que o facão de um dos negros estava parado no ar, acima de sua cabeça. Lourenço também fixava seus olhos de águia sobre o irmão e parecia não conseguir dar a ordem para seu zumbi vibrar o aço e acabar com aquilo.

Vicente queria tratar da perna do irmão. Ele era mortal da cintura para baixo. Aquilo devia estar doendo muito. Sentiu o corpo se comprimir, braços e pernas se fundirem, Lourenço sair de seu campo de visão à frente e cada olho captar um dos zumbis que o cercavam, e então o facão desceu com violência e, novamente, não encontrou seu pescoço. Ele havia saído de suas roupas e virado um peixe, uma piraúna vermelha que se debatia furiosamente para alcançar a água e não morrer sufocada.

Mesmo peixe, continuava com as forças de um vampiro e, com quatro saltos espetaculares, mergulhou no Capibaribe. Podia fugir, descer a correnteza em direção ao mar, mas sentiu-se seguro; nadou contra a maré por alguns metros e foi à superfície olhar o que havia acontecido.

Com o olho esquerdo viu um dos negros erguer Lourenço e tornar a colocá-lo nas costas. O que fora atingido pelo tiro de bacamarte no peito jazia definitivamente morto na areia. Lourenço vociferava:

— Vamos continuar! Vamos ao Campo do Erário acabar com aqueles rebeldes empestados!

Os três zumbis partiram em disparada, levando Lourenço, margeando o rio novamente em direção à ponte da Boa Vista.

Vicente nadou velozmente, ajudado pela correnteza, cruzou a foz do Beberibe até a ponta da ilha de Santo Antônio e saiu do Capibaribe já em sua forma humana, bem próximo ao Campo do Erário.

Estava nu. Pulou muros até encontrar em um varal roupas que lhe servissem. Depois correu rumo à ponte de Santo Antônio, achando que tinha tempo de interceptá-los ainda na passagem para a ilha, mas acabou dando de cara com eles na rua larga e deserta que ladeava o Capibaribe.

Novamente em questão de segundos, Lourenço foi deixado no chão e os três zumbis avançaram brandindo os facões... Só não esperavam que um monstro saísse do rio!

Um polvo imenso, maior do que uma casa, coberto de pelos escuros e algas, com tentáculos grossos como troncos que terminavam em gigantescos pés de pato! Pulou do Capibaribe como um sapo bem na frente deles e soltou um urro aterrorizante.

Era mesmo uma assombração saída do inferno. Com os tentáculos esmigalhou e atirou longe os três zumbis. Lourenço se encolheu, cobriu a cabeça com as mãos, gritou...

Vicente reconheceu o polvo e afinal entendeu o que estava acontecendo. Em Lisboa, nos seus tempos de ajudante do artista Guilherme Dugood, ilustrara um bestiário medieval para uma impressão. Aquele polvo era exatamente igual à descrição de um monstro marinho tirado do relato de um marujo que atravessara o Atlântico no século XV. Vicente o havia desenhado, nos mínimos detalhes. Lembrava perfeitamente daqueles pés de pato, dos olhos saltados, dos pelos nojentos que fizera, um a um, com a ponta do estilete na placa de cobre.

E o cavaleiro louro, vestido de veludo preto, com o bacamarte e a lança, que o salvara há pouco, era o guerreiro holandês que assombrava as ruas de Recife, um general morto na batalha de Casa Forte no século XVII. Havia feito um desenho dele para ilustrar uma estampa a pedido de João Ribeiro.

De alguma maneira, para salvá-lo da morte, seus desenhos haviam se tornado reais!

Em 1645, mulheres de pernambucanos revoltosos contra a ocupação holandesa foram sequestradas e levadas para o engenho da Casa Forte. Avisado, o exército pernambucano foi até lá e enfrentou a tropa holandesa, que acabou se escondendo dentro da casa. Um incêndio foi provocado pelos comandantes pernambucanos. As reféns foram salvas, mas 37 holandeses morreram.

Experimentou "apagar" o monstro de sua mente.

O polvo gigante se desfez no ar.

Apanhou um dos facões deixados para trás e parou junto ao irmão.

— Está sendo ajudado por fantasmas, maldito?! — Lourenço cuspiu de lado. — Se vai me dar passagem para o outro mundo, economize tempo. Minha perna mortal está quebrada. O homem amolece quando padece. Não me faça dar esse triste espetáculo. Acabe logo comigo. Estou pior que uma pulga entre dois dedos.

Lourenço fechou os olhos. Vicente levantou o facão e preparou o golpe mortal.

Atirou o facão longe, pegou o irmão no colo e levou-o para casa.

Quando o dia clareou, oitocentos rebeldes *patriotas*, fortemente armados, rumaram para a fortaleza do Brum dispostos a acabar com o governador.

Capítulo 12

O cego sonha o que quer ver.

Porém, ao chegarem à fortaleza, souberam que Caetano Montenegro estava muito triste, coitado, e propuseram a rendição. Fizeram alto junto da igreja do Pilar e os comandantes mandaram um ultimato, redigido pelo padre João Ribeiro: exigiam que as tropas do governador se unissem à dos *patriotas* e desocupassem a fortaleza. E que o governador fosse despachado para o Rio de Janeiro com toda a sua família.

Caetano Montenegro respondeu que aceitava porque não tinha soldados, armas nem munição para se defender.

Uma hora depois estava tudo resolvido. Ele, sua família e alguns oficiais portugueses foram embarcados e partiram. As tropas reais passaram para o lado dos rebeldes e voltaram todos ao Campo do Erário, gritando vivas à pátria e à liberdade!

Estava instaurado o primeiro governo republicano no Brasil.

No sobrado da rua da Cruz não reinava o mesmo entusiasmo.

Lourenço fraturara a perna esquerda e precisaria de repouso absoluto. Vicente a envolveu com uma massa grossa de gesso. Naquele estado era impossível descer pela corda que ele utilizara às escondidas para chegar ao térreo e escapulir durante a noite. Estava de volta à cozinha, sem poder andar. E agora era para valer.

Seus quatro zumbis tinham sido destruídos. Preso ali, não podia criar outros. Conformou-se.

As semanas seguintes foram calmas. Lourenço parecia um velho inofensivo, com sua barba branca, as muletas, a perna engessada, carente de atenção, sempre disposto a uma conversa para passar o tempo.

Quanto ao porquê de ter agido como agiu, suas explicações poderiam ser resumidas assim:

— Você me transformou numa coisa dupla, Vicente, metade deste mundo, metade do outro, que nem sei qual é, então não exija de mim um comportamento normal. Estou me sentindo como um bispo. Minha parte de cima tem um pé na imortalidade, mas a de baixo quer o poder temporal. Se, quando era uma coisa só, estive longe da santidade, depois do que você me fez, sinto que meu facão está sendo afiado só por desejos ruins. Sempre fui mau. Bastou um impulso, piorei. Passarinho que se debruça, o voo já está pronto. Quando você chegava de seus encontros com o padre João Ribeiro, falando da revolução, dando os nomes dos conspiradores, contando seus planos, me tratando como se eu fosse "confiável", eu sentia raiva de sua credulidade. Como um sujeito pode acreditar nos outros?

— Você é meu irmão!

— Isso não significa que eu vou parar de cuidar dos meus interesses. Amigos são só o braço e o aço. Sempre fiz aquilo que desejei. Eu ficava aqui na rede, escutando você. Ouvido não se consegue fechar. Sei sofrer sem desejar a morte, mas não aguento ficar parado muito tempo. Uma noite resolvi caminhar um pouco. Só o que a gente pensa andando é que presta. Então descobri que podia usar as informações que você me dava, sem eu pedir, para conseguir o que eu queria.

— E o que você queria?

— Já falei. Um engenho de cana-de-açúcar. Ser senhor de engenho.

Vicente lembrou-se de seu mentor explicando como os vampiros arrastavam para o mundo dos mortos-vivos seus desejos mortais:

Assim como ficamos vinte vezes mais fortes, nos tornamos vinte vezes mais obcecados.

Lourenço desejava o poder, a riqueza. Lutaria por isso pela eternidade afora.

— Procurei o governador e propus trocar denúncias por um engenho — confessou.

— Como?

— Você mesmo me deu a lista de senhores de engenho envolvidos na conspiração. A punição para crimes de lesa-majestade é morte e desapropriação dos bens. Com a prisão dos rebeldes, alguns engenhos ficariam sem dono. Tive a garantia do governador de que um deles seria meu.

— Fez tudo isso por um engenho de cana? Tentou me matar...

— O morcego não escolheu ser feio. Admito que caprichei no *ser mau*, mas você ficou na frente, entre mim e o meu capricho. Desculpe, mas sou cachorro que já lambeu sangue. Ser metade vampiro só piorou as coisas. E foi você que me transformou nisso, não se esqueça. Não me olhe assim. Sei que ficou chocado com a minha traição, mas já devia saber que um dia é para a esperança e outro, para a desilusão. Irmão não é escolhido, é determinado. Sou o irmão que você tem e não pretendo aparentar bondade nem virtude.

— Mas como ficamos, depois de tudo isso?

— Você me venceu. Parabéns. Você e esses seus fantasmas do inferno! Eu não me arrependo, porque arrependimento é bobagem, tudo é começo. Voltei para esta rede. Sem ressentimentos. Passarinho cai porque voa. Não choro desgraça. Tenho prática de todo tipo de sofrimento, então aceito até ser seu prisioneiro e reconheço sua vitória.

— E os zumbis? Como conseguiu criá-los?

— Velhos truques de feitiçaria que aprendi com os negros em Angola. Sempre achei que eram enganações. Nunca pensei que dariam certo, mas parece que quando se entra para o mundo dos vampiros tudo passa a ser possível, não é? Tentei com um negro que havia matado, depois de chupar todo seu sangue. Deu certo. Então fiz mais três. São precisos quatro para se carregar uma liteira.

— Pois seus planos deram errado. Os *patriotas* venceram. Pernambuco é uma república e o governador foi expulso.

— Um poltrão. Não devia ter depositado nele minha esperança de ter um engenho. Caiu sem lutar.

— Não havia como reagir.

— O covarde tinha 150 homens do seu lado, e protegidos por uma fortaleza! Se resistisse ao menos uma semana, as forças do rei chegariam por mar e por terra.

— Sem armas...

— Você acredita em tudo que ouve, não é? Pois fique sabendo que a fortaleza do Brum tem 39 canhões de bronze e 14 de ferro, todos de grosso calibre. Muitos chegam a 140 milímetros! Sem falar do estoque formidável de carabinas Tower 19 milímetros.

— Isso seria ótimo para eles... *se* tivessem munição.

Entre os revolucionários, havia representantes do clero, dos militares, senhores de engenho, comerciantes. Alguns dos mais conhecidos foram: o capitão José de Barros Lima, apelidado de Leão Coroado; o capitão Pedro Pedroso; o comerciante Domingos José Martins; frei Miguelinho; frei Caneca, entre outros.

Em 14 de julho de 1789, em Paris, os revolucionários tomam a Bastilha, uma prisão símbolo do autoritarismo do monarca Luís XVI. Foi o início da Revolução Francesa, que estimulou movimentos ao redor do mundo e marcou o início da Idade Contemporânea. Seu lema — "Igualdade, liberdade, fraternidade" — foi inspirado nas ideias dos filósofos iluministas, principalmente Rousseau. Para ele, os homens nasceriam iguais e bons, mas a sociedade promoveria diferenças capazes de corrompê-los. Somente através do uso da razão o homem poderia alcançar o esclarecimento necessário para a vida em sociedade.

Lourenço riu e balançou a cabeça:

— É lá que está estocada toda a pólvora da província, irmãozinho.

Os líderes *patriotas* se reuniram no prédio do Erário, a portas fechadas, e nomearam um Governo Provisório, com representantes das cinco forças sociais mais importantes: igreja, exército, justiça, agricultura e comércio. A igreja foi representada pelo padre João Ribeiro, sempre um dos revolucionários mais ativos.

O amigo de Vicente já há tempos suspendera a compra de aquarelas, envolvido com os preparativos da rebelião vitoriosa, mas os dois, e mais frei Caneca, ainda se encontravam no Seminário de Olinda para conversar.

O idealismo dos *patriotas* beirava o delírio, e Vicente se deixava levar pela euforia contagiante. Via seu sonho tornar-se real. O rei derrotado. A República vitoriosa. O povo no poder. As Luzes haviam vencido o obscurantismo. Os ideais iluministas da Revolução Francesa tinham finalmente ganhado a batalha contra as trevas. Igualdade, liberdade e fraternidade!

Lourenço, em sua rede, enrolando um cigarro de palha, sorria e balançava a cabeça:

— Tomar o poder é mais fácil do que mantê-lo. Não quero colocar água na fervura, mas não estou vendo vocês se prepararem para a guerra. Na hora de a onça beber água, vão morrer de faca cega na mão. Ou acham que não haverá reação? Vocês sabem o que fizeram? Tiraram de Portugal uma das três províncias mais ricas, de sua mais rica colônia. É querer pegar a carne da boca do lobo. Foi uma declaração de guerra. Quando o inimigo chegar aqui, todo o idealismo de vocês vai valer menos do que o que o periquito caga.

Lourenço não podia mais fumar. Sua metade superior de vampiro não aceitava o tabaco. Pendurava o cigarro de palha na boca, apagado, para lembrar os velhos tempos.

Vicente reagia:

— A liberdade e a verdade são contagiosas e vão se espalhar pelo Brasil inteiro. Somos todos brasileiros. Todos se levantarão numa só voz contra a tirania. Dom João VI terá sorte se puder partir são e salvo de volta para sua terra. Cada brasileiro agora é um soldado. O povo será nosso exército e combaterá pela independência.

— O povo? Mas o povo nem sabe o que é *república*. Ficaram satisfeitos agora porque vocês aboliram alguns impostos e estão prometendo o céu na Terra. Mas, mesmo assim, quando eles se oferecem para lutar, vocês os dispensam. Que estupidez! Mandaram de volta para casa os milicianos e capitães-mores de Iguaraçu, Pau-d'Alho e Limoeiro!

— A maior parte era de homens casados, trabalhadores. Não precisamos deles agora. Os *vassalos* fugiram, acovardados, e estamos em paz. É melhor que os pernambucanos continuem em suas terras, produzindo as riquezas desta província. Nosso exército nos basta.

— Chama esse bando de mortos de fome de exército? São recrutados à força, como se fossem para a prisão, e o soldo é tão baixo que o alistamento chega a ser uma desonra. Sem falar da instrução... O que um "coronel" do sertão, que na verdade é fazendeiro, tem a ensinar sobre táticas militares? E esse regimento de negros comandado pelo Pedro Pedroso? Aquele mulato é um radical, e já anda falando em instaurar o "terror".

— O capitão Pedroso é um valente *patriota* que...

— Estão arrancando à força os escravos de seus senhores e armando-os.

— Esta pátria também é deles! São brasileiros como...

— Bobagem. São convencidos a lutar pela promessa de alforria. Você acha mesmo que depois devolverão as armas e voltarão à escravidão, ao pelourinho e ao chicote?! Vão é transformar isso aqui num Haiti!

A atuação do capitão mulato Pedro Pedroso (1770-1849) foi decisiva para garantir que os militares aderissem à revolta. Radical, ameaçou de morte os revolucionários mais moderados. Participou, mais tarde, de outros movimentos emancipacionistas.

Uma revolta de escravos levou o Haiti a se tornar independente da França em 1804. O fato, inédito, tornou-o o primeiro país a ser governado por escravos libertos, o que apavorou as elites brancas de nações escravocratas, como o Brasil.

Conflitos, injustiça e a Revolução Pernambucana de 1817

Mercado de escravos em Recife no início do século XIX

Retrato de uma venda na vila de Recife, durante o século XIX: comerciantes, escravos e clero somavam suas insatisfações com relação ao governo, formando um verdadeiro caldeirão em ebulição.

© Ilustração digital / Arquivo da editora

A bandeira pernambucana foi criada pelos insurgentes de 1817. A estrela representa o novo governo; a grandeza do céu encontra-se no azul; a paz na cor branca; o arco-íris significa a união; o sol representa a energia; a cruz simboliza a fé.

© Antônio Parreiras / Arquivo público do Recife

Bênção da bandeira pernambucana na Revolução de 1817, na praça do Erário

Capítulo

Quem passarinho receia milho não semeia.

Vicente evitava discutir o tema da escravidão. Mesmo com todo o seu arrebatamento republicano, não podia ignorar que as semanas passavam e ninguém falava em abolição do trabalho escravo, uma das marcas da Revolução Francesa. Mas Lourenço insistia, para constrangê-lo:

— Não se iluda, meu menino. Essa revolução que vocês fizeram é bancada pelos senhores de engenho, pelos produtores de algodão, os "nobres", os "homens bons". No Brasil só tem revolução quando a despesa não cobre a receita. Eles estão devendo até a alma a nós, comerciantes portugueses "monopolistas", e descobriram que com a independência do Brasil se livram dos compromissos. Pode até ser uma boa ideia, mas não venha me dizer que lutam pela tal *égalité*, *fraternité* e *liberté*, porque sem escravos eles vão à falência. Um engenho não funciona sem negros. E é isso que vai levar a república de vocês ao fracasso. Quer saber quem vai libertar os escravos no final das contas? A Inglaterra. Não gosto dos ingleses, estão arruinando meu negócio, mas tenho de reconhecer que os malditos sabem politicar. Não perdem tempo com ideologias. Criaram a indústria, agora produzem um monte de porcarias que precisam sair vendendo no mundo todo e, quando alguém lembrou que escravo não compra nada e só favorece a produção dos concorrentes, inventaram essa história de acabar com a escravidão.

Vicente não queria dar o braço a torcer, mas estava claro que dentre os líderes o único que pregava a abolição da escravidão era seu amigo João Ribeiro, seguindo os ensinamentos de seu velho mestre Arruda Câmara. Os outros alegavam que era preciso respeitar "princípios revolucionários". Como um desses princípios era a garantia de não se mexer na propriedade privada, e como o escravo era uma propriedade privada, dar liberdade a eles seria confisco, portanto, era "ilegal". Os mais constrangidos com esse argumento prometiam uma abolição, sim, mas para o futuro, lenta, gradual...

— Sei... — Lourenço ironizava. — O momento agora é de cuidar das coisas realmente importantes, como definir as cores da nova bandeira, exigir o tratamento "vós" e "patriota", aumentar o soldo dos próprios oficiais revolucionários e pedir às mulheres que cortem o cabelo à francesa.

— Pode rir, mas a verdade é que a revolução está se expandindo. Já instalamos a república na Paraíba e no Rio Grande do Norte.

— Pode ser, mas na Bahia não foram muito felizes.

De fato, haviam mandado o pobre padre Roma a Salvador para conversar com o governador conde dos Arcos e, assim que desembarcou, ele foi preso e fuzilado.

— Colocaram o cordeirinho na boca do lobo — Lourenço ria e balançava a cabeça. — Não sabem que o conde dos Arcos foi o último vice-rei, antes de dom João VI chegar? Ele é um Noronha, o clã que há oito gerações ocupa os principais cargos administrativos do Império. O homem é português e absolutista até a raiz dos cabelos. No Ceará também não tiveram sorte, não é? — Lourenço tripudiava. — Mandaram aquele jovem padre José de Alencar proclamar a república no Crato. Ah, depois ele também tinha de sublevar o povo em Icó, Aracati e Sobral, para então marchar triunfante sobre Fortaleza. Tudo isso armado apenas com cartas de apresentação do seu amigo João Ribeiro.

Vicente reconhecia que a estratégia revolucionária no Ceará não tinha sido das melhores. José de Alencar pertencia a uma das famílias mais importantes do Crato, mas não conseguiu convencer nem o próprio pai sobre

A Paraíba e o Rio Grande do Norte foram as primeiras províncias a aderir à expansão da Revolução. Na Paraíba, o coronel Amaro Gomes Coutinho iniciou uma revolta pela cidade de Itabaiana e logo chegou à capital. No Rio Grande do Norte, o senhor de engenho André de Albuquerque Maranhão prendeu o governador, ocupou a cidade de Natal e formou uma junta governativa.

O Crato era uma região agrícola no extremo sul do Ceará (hoje município), na divisa com Pernambuco. Ali José Martiniano de Alencar (1794-1860), aluno do Seminário de Olinda, tentou proclamar uma república com a ajuda da família. Depois, tomou parte na Confederação do Equador (1824). Casou e teve 12 filhos, entre eles, o romancista José de Alencar (1829-1877).

as vantagens da república, que ninguém sabia direito o que era. Então, para não "perder tempo", foi falar com a autoridade máxima da vila, o capitão-mor.

— Levou uma cartinha para o homem — Lourenço ria. — Vocês queriam persuadir um capitão-mor a trair o rei com um bilhete! Não adianta ficar de venta inchada comigo, Vicente. É no que dá fazer revolução com gente inocente. O capitão-mor fez o que eu faria. Pediu tempo para pensar, para ver quem se enfiava na lama e ficava atolado, e depois prendeu todo mundo.

Foi assim mesmo. Confiante, poucos dias depois o padre José de Alencar invadiu uma missa concorrida, de dia santo, com a bandeira branca dos *patriotas*, leu um manifesto revolucionário e foi aplaudido. Dali seguiu com alguns jovens como ele para a Casa da Câmara e solenemente proclamaram a República, com vivas e tiros de espingarda.

Empolgado, José de Alencar começou ali mesmo a arregimentar homens para seguir com o plano até atingir Fortaleza. Nesse momento surgiu o capitão-mor com um pequeno destacamento, impôs silêncio, arrancou a bandeira revolucionária e mandou que todos gritassem "Viva *El-Rei*!". Foi obedecido prontamente. José de Alencar, outros líderes, e até a mãe dele, dona Bárbara, foram presos e mandados à capital com pesadas correntes no pescoço.

— Vocês deviam ter concentrado a resistência aqui na vila do Recife — ensinava Lourenço. — Só de fortes e fortalezas temos 12. A primeira providência era apresar todos os navios mercantes portugueses ancorados no porto.

— Seria uma violência contra os civis e...

— Idiotas! Não sabem que todos os navios mercantes portugueses possuem artilharia? Deixaram o inimigo armado na costa, quando poderiam ter formado uma esquadra para combater os poderosos navios do rei, que devem estar chegando. Nenhum de vocês pensou numa força naval, não é?

Vicente odiava quando Lourenço o tratava como irmão mais novo. Eram gêmeos! Na verdade, ele, Vicente, nascera primeiro.

— A prioridade tinha de ser a defesa de Recife, garoto. E não espalhar as forças.

— Não! As províncias do norte devem formar uma só república, aí teremos condições de...

— Burrice! O povo não se entusiasma tanto assim por essa sua república. Nem sabem o que é democracia. É indiferente para eles quem vai acabar mandando, porque no fundo são sempre os mesmos. Acham que tudo isso são ideias dos filhos dos ricos que vão estudar na Europa. O povo é ignorante e no fim vai ficar contra vocês. Para ele o rei é enviado de Deus e pronto. E a Igreja existe para não deixar a gente se esquecer disso. Religião é freio. O que eu teria feito, se fosse vocês, era ganhar tempo lutando contra as forças reais aqui, até que os Estados Unidos pudessem reconhecer o estado de beligerância e passassem a mandar armas, navios de guerra e dinheiro para contratar mercenários bem treinados. Aí sim vocês iam poder impor sua vontade a Portugal, e não com essa frescurada de democracia e igualdade! Os Estados Unidos são os aliados perfeitos. Fizeram uma revolução igual e venceram.

— Já mandamos um representante para lá.

— O Cabugá? — Lourenço soltou uma risada irritante. — É um comerciante, não um militar. Até conseguir audiências com quem de fato manda, a ajuda chegará tarde demais.

Os Estados Unidos eram independentes desde 1776 e trilhavam rapidamente os caminhos do capitalismo, acumulando riquezas. Apoiaram as guerras de independência da América espanhola por interesse em negociar com as novas nações, que antes só podiam comerciar com a Espanha. Ter o apoio americano significava conseguir reconhecimento internacional, dinheiro e até mesmo armas. E afastava, ainda, o risco de isolamento comercial.

Logo após o início da Revolução, Antônio Gonçalves da Cruz, o Cabugá, foi aos Estados Unidos buscar apoio e armas. Lá, conheceu oficiais franceses que viviam exilados e planejavam resgatar Napoleão, preso na Ilha de Santa Helena. Cabugá conseguiu apoio dos franceses, com armas e navios, e viajou para o Brasil. Entretanto, quando eles chegaram, a Revolução já havia sido reprimida. Cabugá foi exilado nos Estados Unidos.

Sem ter como contradizer o irmão, e engolindo a raiva, Vicente adotou a estratégia de tratá-lo como um velho alquebrado que inspirava cuidados e com quem tinha de ter muita paciência.

E Lourenço parecia mesmo muito frágil. Pelo menos metade dele.

A imobilidade o fazia definhar da cintura para baixo, noite após noite. Suas pernas precisavam de sol, mas a parte de cima de seu corpo não permitia, por isso o tom amarelo-buriti de sua pele agora a fazia parecer um pergaminho sobre as pernas, prestes a se rasgar sobre os ossos. Os antigos olhos penetrantes tornavam-se baços e ausentes.

Vicente o alimentava com uma sopa de sangue de boi no começo e no fim de cada noite. Punha o babador no irmão, para humilhá-lo, como uma pequena vingança pelas verdades pragmáticas que ele falava entre uma colherada e outra, mas tinha o coração estraçalhado pela perspectiva iminente de ver Lourenço definhar até a morte. A culpa era sua. Criara um ser duplo, mas não complementar, e uma parte destruiria a outra. A convivência entre um vampiro e um mortal no mesmo corpo era impossível. Com o tempo a parte de baixo envelheceria e levaria o corpo todo à morte definitiva. Ou surgiria um vampiro-tronco.

Novamente se via como responsável pela morte do irmão. A culpa era insuportável. Bem ou mal, já se acostumara a encontrar conforto nos sentimentos fraternais. Em parte, apesar de seu comportamento execrável, Lourenço compensara até a falta de Sofia. Ter um irmão, mesmo que inimigo, trazia certo amparo.

Na segunda semana ele queixou-se de muitas dores e pediu para ficar sentado, com a perna reta sobre um tamborete. Desde então passou a atravessar as noites assim, ao lado da janela da cozinha, sentindo a brisa fresca que vinha do mar. Lia livros, iluminado por uma forte lamparina, esperando Vicente voltar da rua com as novidades da revolução.

Vicente passava as noites vagando pela cidade, encontrando frei Caneca e João Ribeiro, fingindo beber nas tascas, puxando assunto com qualquer um, acompanhando os avanços da República. Não tinha nenhum receio de deixar Lourenço sozinho. Ele não voltaria a criar confusão no estado debilitado em que estava.

Tinha outras preocupações.

As coisas estavam começando a dar errado para os revolucionários.

Lourenço previra que as forças reais atacariam por dois flancos: por terra, pela região da mata sul, atravessando a comarca de Alagoas; e por mar, com uma esquadra portuguesa poderosamente armada bloqueando o porto de Recife.

— Eu falei para colocarem tropas na fronteira com a Bahia. É de lá que os inimigos virão, passando por Alagoas, armados pelo conde dos Arcos. Ele é o maior adversário de vocês. Quer mostrar serviço ao rei — Lourenço profetizara semanas antes. — O conde dos Arcos vai avançar por terra. Os fazendeiros alagoanos e da mata sul-pernambucana ficarão entre os dois fogos e não vão trocar a segurança da monarquia pela aventura republicana, arriscando perder seus escravos. Depois que as tropas do governo atravessarem o rio São Francisco, ninguém as deterá.

Foi exatamente o que aconteceu.

O conde dos Arcos despachou para Pernambuco um exército de 1.500 homens, liderados pelo marechal Cogominho. No caminho ainda se juntou a eles o Regimento de Milícias de Sergipe d'*El-Rei*.

Pelo mar, no dia 16 de abril, quatro navios de guerra enviados do Rio de Janeiro pelo rei, sob o comando do almirante Rodrigo Lobo, bloquearam o porto de Recife. Só não bombardearam a cidade graças à muralha de recifes na costa, que os obrigou a manter uma distância maior do

que o alcance dos canhões. Mas mandaram um recado: se não voltassem a ser instauradas as leis de Sua Majestade, tinham ordem para arrasar a cidade e passar todos os rebeldes à espada.

Assim que as tropas do marechal Cogominho atravessaram o rio São Francisco e entraram no território pernambucano, transmitiram um comunicado do conde dos Arcos: todo habitante de Pernambuco que não jurasse fidelidade ao rei seria fuzilado.

O Governo Provisório mandou o capitão-mor Paula Cavalcanti formar uma tropa e tentar barrar o avanço do marechal. Frei Caneca uniu-se a eles. Como não tinham informação alguma sobre a movimentação do inimigo, ficaram errando de engenho em engenho, surpreendendo e sendo surpreendidos, em pequenas escaramuças, até que no dia 13 de maio encontraram o grosso da tropa inimiga e descobriram que o exército de Cogominho era quatro vezes maior do que o deles. O pânico se espalhou entre os *patriotas*, que fugiram jogando fora armas e munições.

Paula Cavalcanti, frei Caneca e alguns poucos conseguiram voltar a Recife, trazendo a má notícia de que em breve o marechal entraria na cidade.

Com o bloqueio naval e os combates por terra nos arredores, a vila de Recife ficou isolada e a comida acabou, levando a população ao desespero. A situação piorava a cada dia. A República ia se tornando insustentável.

Àquela altura, no Governo Provisório só havia dois homens: Domingos Teotônio Jorge e o padre João Ribeiro. Os outros alegaram doença e trancaram-se em casa.

— Vão ter de se render... — Lourenço bateu palmas, satisfeito.

Mais uma vez estava certo.

João Ribeiro redigiu uma carta a Rodrigo Lobo impondo as condições da rendição, principalmente uma anistia geral a todos os envolvidos no levante.

Rodrigo Lobo disse que não aceitava condição alguma e que tinha a seu favor a razão, a lei e a força para entrar em Recife com a espada na mão a fim de castigar todo e qualquer *patriota*.

Diante disso, o até então democrático Governo Provisório se transformou em uma ditadura. Domingos Teotônio Jorge virou governador civil e militar do Partido da Independência em Pernambuco e mandou um ultimato a Rodrigo Lobo: se não aceitasse as condições da rendição, eles passariam à espada todos os portugueses e colocariam fogo em Recife, Santo Amaro e Boa Vista.

O prazo dado a Rodrigo Lobo era até o meio-dia do dia 19 de maio, mas o próprio Domingos Teotônio Jorge não esperou pelo resultado do ultimato: juntou parte da tropa e fugiu, levando os cofres do Erário.

O padre João Ribeiro colocou um saco num ombro, a espingarda no outro, e foi junto.

Com a retirada dos *patriotas*, os *vassalos* tomaram as ruas da vila de Recife na noite do dia 20, gritando "Viva *El-Rei*!", libertaram os portugueses presos na fortaleza das Cinco Pontas e começaram quebra-quebras, incêndios e invasões.

Preocupado com o irmão sozinho e vulnerável, Vicente voltou para casa correndo, muito antes da hora usual. Ao pular o muro dos fundos, assim que parou no quintal cheio de mato e olhou para cima, para preparar o salto, viu uma coisa muito estranha.

Descendo pela janela, a sombra barbada de Lourenço deslizava rapidamente pela parede dos fundos.

14

Capítulo

Faca com faca se afia.

Escondeu-se no matagal.

Era a sombra do irmão. A sombra escura e de contornos bem nítidos que a forte lamparina que ele usava para a leitura projetava na parede da cozinha. Até a forma da perna engessada e dura estava lá.

Movia-se como as sombras se movem quando se muda o foco de luz. Mas aquela não precisava mais de luz. Tinha vida própria.

Ao chegar ao quintal, passou junto a Vicente, deslizando por cima do matagal, depois sobre o muro, e saiu. Ele a seguiu.

Não era difícil. A sombra deslocava-se suavemente pela calçada da rua da Cruz. O forte luar a tornava bem visível. Ele preferiu acompanhá-la pelos telhados.

Havia muita gente nas ruas, o tumulto era geral, mas ninguém notava aquela sombra sem corpo deslizando decidida entre elas — prova de que o ser humano não vê o que não está preparado para ver. Ela atravessou a ponte de Santo Antônio, depois a da Boa Vista, e sempre com pressa foi entrando terra adentro, até Afogados.

Era uma região de chácaras. Enormes casarões isolados uns dos outros. A sombra deslizou por uma estrada de barro e entrou em um deles, cercado de mato alto, abandonado, todas as janelas lacradas com tábuas.

Vicente subiu no telhado, penetrou no sótão empoeirado tomado pelos morcegos, e pelas frestas do forro viu uma cena horripilante.

No grande salão central, sem móveis, duas dezenas ou mais de zumbis olhavam atentamente o perfil da sombra de Lourenço, de pé, numa das paredes! Um candeeiro atrás deles projetava suas próprias sombras para a frente, esticando-as sobre o piso de tábuas... e elas faziam movimentos diferentes de seus respectivos corpos, que permaneciam parados! Uniam-se, separavam-se, dançavam pelas paredes, obedecendo às ordens de Lourenço, que as regia como um maestro. Ele estava comandando as sombras dos zumbis também, como fazia com a dele! O fraco candeeiro não podia ser o responsável pela nitidez impressionante da sombra de Lourenço. Ela trazia sua própria escuridão interior. Não falava, mas Vicente sentiu horrorizado que dela emanava uma energia consciente capaz de transmitir ordens a eles! E a mesma energia usada por Lourenço para dirigir a vontade dos zumbis também dirigia suas sombras!

Vicente se sentou no chão do sótão e levou as duas mãos à cabeça. Era medonho demais! Mesmo com o corpo preso na cozinha do sobrado, Lourenço estava usando sua sombra para formar um exército de zumbis! E para isso empregava cadáveres de negros jogados na Cruz do Patrão ou nas águas dos rios, corpos apodrecidos, inchados, mutilados, roídos por ratos, membros arrancados por cachorros, ainda cheios de terra, areia e lama...

Sentiu tamanho ódio pelo irmão que...

No ódio encontrou a solução!

Não há sombra sem corpo. O velho frágil de perna quebrada lá no sobrado em Recife era a fonte da sombra. Se destruísse o corpo, a sombra desapareceria.

Partiu para a rua da Cruz praticamente voando.

Ao atravessar a ponte para Santo Antônio, um pensamento o paralisou. Mesmo destruindo o irmão, o exército de zumbis continuaria à solta, incontrolável.

Um grupo de arruaceiros — bandidos libertos da prisão pelos portugueses junto com outros *vassalos* — vinha em sua direção, com foices, espingardas, aos gritos de "Viva *El-Rei*!", incendiando carroças, arrombando casas, saqueando lojas.

Vicente aproximou-se do grupo com uma pequena

Na página anterior: O bairro dos Afogados era formado por mangues e cortado pelo rio Cedro (um braço do Capibaribe), que se tornava turbulento na maré cheia e provocava a morte de muitas pessoas que insistiam em atravessá-lo — principalmente escravos. No século XVIII iniciou-se a construção de uma ponte e, depois, de um aterro na região para pôr fim ao problema.

bolsa de moedas de ouro estendida na direção deles. Os homens pararam, ouviram sua proposta e concordaram. Receberam a bolsa como metade do pagamento. Na noite seguinte, na ponte de Santo Antônio, se o serviço tivesse sido feito, receberiam a outra metade.

Retomou a corrida desabalada para casa. Pulou o muro do quintal. Um segundo pulo o fez passar pela janela e entrar aos trambolhões na cozinha.

O irmão lia tranquilamente, à luz da lamparina. Quando Vicente olhou para a parede onde a sombra de Lourenço deveria estar, mas não estava, Lourenço entendeu que seu segredo havia sido descoberto — e que haveria luta.

Os dois se olharam fixamente por um segundo. Vicente atacou.

Voou direto com as duas mãos estendidas e as fechou na garganta do irmão. Um soco violentíssimo, na base do queixo, jogou-o contra a parede oposta.

Atordoado, viu Lourenço erguer-se, e o velho frágil se transformar num homem forte e poderoso, avançando com o cabo de enxada que usava como bengala. Rolou para o lado, evitando por centímetros que a pancada lhe rachasse o crânio, e, com o mesmo movimento, passou uma rasteira na perna sã do irmão, que desabou.

Os dois se atracaram, rolando nas tábuas do chão da cozinha, numa ferocidade estupenda. Sem distância suficiente para socos ou pernadas, mordiam-se e unhavam-se como gatos selvagens.

Vicente procurava acertar o irmão abaixo da cintura, mas, compensando a fragilidade mortal da metade de baixo, a metade de cima de Lourenço possuía uma força extraordinária. Seus braços apertavam o peito de Vicente como um torniquete.

Chocaram-se contra o fogão a lenha violentamente. Vicente conseguiu pegar a pesada grelha de ferro e a espatifou sobre a nuca do irmão. Lourenço baqueou, amoleceu os braços. Vicente escapou, ergueu-se, pegou o estilete que vivia sobre a mesa para separar as páginas dos livros novos e tornou a pular sobre o irmão, procurando alcançar seu coração.

Lourenço torceu seu braço, sacudiu-o, e o estilete voou longe. Com o braço torcido atrás das costas, Vicente foi jogado de encontro à parede oposta com tanta força que caiu de costas, quase inconsciente, mas ainda foi capaz de ver o estilete voando em sua direção. Teve tempo de fazer um movimento brusco à direita, e, em vez de no coração, o estilete cravou-se em seu ombro esquerdo. Ele o arrancou e lançou de volta. Mas não tinha a habilidade do irmão com as facas, e o estilete bateu contra a parede.

Lourenço abaixou-se para pegá-lo, desajeitado por causa da perna engessada, e num pulo Vicente o alcançou e derrubou novamente. Os dois rolaram por debaixo da mesa até o pé da escada, procurando dilacerar com os dentes o pescoço um do outro, como dois lobos.

Vicente acabou imprensado embaixo do primeiro degrau, com as pernas e o tronco presos. As mãos de Lourenço eram grandes, grossas, calejadas. Quando ele afinal conseguiu agarrar a cabeça de Vicente, seu irmão sentiu seu cérebro ser espremido como uma uva pisada, sua visão ficou turva, sua consciência foi abandonando-o como o azeite sai da azeitona na prensa, os braços amolecendo... Tudo estava perdido... As mãos do irmão se soltaram, mas ele não podia reagir... Recebeu um soco arrasador na testa e bateu contra o degrau... Viu Lourenço pegar o estilete, erguê-lo com a mão direita, apontado para seu coração... Estava muito tonto, não entendia: o braço do irmão não descia, o estilete parado no ar, a um palmo de seu coração... Conseguiu soltar uma das pernas e acertou uma joelhada nos genitais mortais do irmão. O grito balançou as paredes da cozinha. Lourenço encolheu-se com as mãos entre as pernas, como um feto. Vicente começou a escalar os degraus, querendo se afastar, tentar recuperar as forças. Conseguiu alcançar a porta do sótão. O irmão continuava encolhido no chão da cozinha. Era preciso aproveitar o momento para acabar com ele. Vicente viu a sombra voltando, passando pela janela, deslizando pela parede da cozinha, parando um pouco para entender a situação e, então, erguendo-se, agigantando-se na parede, como quando se afasta o foco de luz de um corpo. Já ocupava toda a extensão do chão ao teto quando começou a avançar para Vicente, ameaçadora.

Precisava destruir o irmão antes que a sombra o alcançasse. Não poderia vencer os dois. Entrou no ateliê, pegou a faca com que afiava os lápis e saltou sobre Lourenço, do último degrau da escada!

Caiu em cima do irmão.

O piso de tábuas não aguentou. Todo o chão da cozinha desabou, arrastando os dois em um emaranhado poeirento de paus e reboco até o quarto andar.

O piso do quarto andar também não resistiu e ruiu por completo, e os dois despencaram, andar por andar, até baterem contra os entulhos do térreo, bem dentro da antiga cova de Lourenço. E todo o madeirame,

e tijolos, e pilhas de reboco de todos os andares caíram sobre eles e os soterraram.

E, mesmo soterrados, continuaram atracados, dentro da cova, lutando e afastando os escombros, até surgirem novamente à superfície. Distanciando-se um pouco, ficaram de pé frente a frente, cobertos de poeira, bufando, punhos fechados, olhando-se fixamente com um ódio avassalador.

Custaram a reparar. Parecia estar chovendo.

Não eram gotas de água. Eram moedas. Moedas de ouro!

Olharam para o alto. De um pedaço do piso do quarto andar que ficara oscilando lá no alto, sem desabar, choviam moedas de ouro sobre eles.

Os dois se olharam, agora com interrogação.

Moedas, milhares delas, já começavam a cobrir o chão do térreo. Lourenço agachou-se para pegar um punhado delas.

— São muito antigas. Ouro puro.

Vicente, num salto, alcançou o quarto andar, pendurou-se nas tábuas podres ainda presas à parede e viu de onde as moedas vinham. Sacos grandes, de cânhamo. Haviam sido escondidos entre o teto do terceiro pavimento e o piso do quarto, junto à parede. Seis sacos. Dois tinham se rompido. Havia inscrições a tinta neles, numa língua estranha. A mesma em que o rabino Isaac Aboab escrevera o livro sobre o massacre dos judeus.

— O que está escrito? — Lourenço perguntou lá de baixo.

— Não sei. É aramaico antigo.

— Com os demônios! Encontramos o tesouro, não foi?! Encontramos o maldito tesouro!

Capítulo 15

Dores com pão menores são.

Agora, o único andar com piso era o sótão.

Lourenço e Vicente estavam sentados, com os sacos cheios de moedas de ouro entre os dois. No escuro. Vicente não queria sombras na parede.

— Isso muda tudo — Lourenço apontou o queixo para a pilha de dinheiro, alisando a barba.

— Depende. No que você está pensando?

— Posso simplesmente sair e comprar um engenho.

— O maior que estiver à venda.

— E escravos, maquinário e terras a perder de vista...

— Um senhor de engenho completo.

— Com título de nobreza e tudo.

— Tem dinheiro aí até para virar visconde.

A conversa era recheada de silêncios profundos.

— É estranho... — Lourenço balançou a cabeça. — Essas coisas redondas e brilhantes, dentro desses sacos, fazem os sonhos da gente se tornar realidade.

— Depende dos sonhos. Nem todos.

— Os meus, sim. No meu mundo tudo é comprado.

— No meu, não.

— Não vivo em mundos que não existem. — Lourenço sorriu e olhou em volta, para as aquarelas espetadas nas paredes, as estantes cheias de latas de tinta e pincéis.

— Deve ser ruim viver em um mundo limitado como o seu. — Vicente balançou a cabeça.

Um novo silêncio. Lourenço, com seu olhar de águia, parecia invadir a consciência do irmão.

— Vamos fazer um trato, garoto — ele disse.

— Pode ser. Mas antes, para ter certeza de uma coisa, quero fazer uma pergunta.

— Faça.

— Durante a briga, com o estilete na mão, por que parou? Por que seu braço não desceu?

— A verdade?

— Por favor.

— Não posso matá-lo.

— Por quê? Vamos, diga. Só para termos certeza.

— Diabos! Não posso matá-lo porque você é meu irmão! Está satisfeito? Você também já suspendeu o facão sobre a minha garganta e não foi adiante, lembra?

— Também não consigo.

Vicente balançou a cabeça. Lourenço sorriu e estalou os dedos.

— Dois maricas — concluiu. — Começamos arriando as calças e veja a que ponto chegamos.

— É o que parece.

— Como saímos dessa?

— Você queria falar sobre um trato — Vicente lembrou.

— Simples. Três sacos para cada um.

— É justo. E depois?

— Cada um para o seu lado.

— Não vou sentir saudades.

— Nem eu.

— Preciso de um lugar para me recuperar — Lourenço deu cascudos no gesso.

— Carrego você e os três sacos para onde quiser, esta noite ainda. Depois o problema é seu.

— Está bem. Acabaram-se as sopinhas de sangue. O que se há de fazer?

Os dois suspiraram e olharam para o teto, ao mesmo tempo, depois coçaram a cabeça no mesmo ponto, gestos exatamente iguais. Sorriram juntos.

— Somos mesmo gêmeos, Vicente.

— Somos sim.

— Não muito normais.

— Longe disso.

— Mas temos muita coisa em comum, fora a tatuagem na bunda. Essa verruga na base do polegar direito, por exemplo.

Os dois abriram a mão direita e olharam, num movimento tão sincrônico que pareciam estar diante de um espelho. Um espelho que para um mostrava o passado e para o outro, o futuro que não ia existir.

— Você segura uma faca do mesmo jeito que eu — Lourenço lembrou.

— Mas sem a mesma habilidade. Preciso treinar.

— O mesmo tipo de aperto de mão. O mesmo jeito de sorrir... Isso, assim, com o canto da boca. E você também empina os ombros quando está nervoso. E cruza as pernas igual a mim. Sempre a direita por cima, e aí dá um tapa no calcanhar.

— Você enrola as meias da mesma maneira, sempre do avesso.

— Meias também são gêmeas.

— Eu li que gêmeos criados separados acabam mais parecidos do que os criados juntos.

— A natureza também faz tudo do avesso.

— Quando crescem juntos, procuram ser diferentes. Longe um do outro, não: só seguem seus instintos.

— Seu tom de voz lembra o meu, quarenta anos atrás.

— Quando conheci você até gostei de ser vampiro. — Vicente sorriu. — Pelo menos não vou ficar enrugado desse jeito.

— Em compensação, não terá tido tantas mulheres quanto eu.

— Me respeite que eu sou o mais velho.

— Meia hora. E nem isso é garantido. Podemos ter sido trocados em algum momento. Acontece. Conheci um cearense gêmeo chamado Donato que no fim da vida descobriu ter nascido Expedito. Ele não era ele, era o irmão.

— Não corremos esse risco. Eu tinha sangue de vampiro desde o berço. Estava marcado.

— Você é branco e eu sou amarelo-buriti, mas nascemos do mesmo ovo.

— Eu sou a clara. Você é a gema.

Riram.

— Esse negócio de ser vampiro é um bocado complicado.

— Eu que o diga! — Vicente balançou a cabeça. — Tenho 20 anos e sou pai-vampiro do meu irmão gêmeo de 60.

— Eu sempre tive sonhos em que me via em dobro.

— Só que o outro não tinha rosto?

— Exatamente.

— Eu também.

Ficaram se olhando, intensamente.

— Você foi bem tratado, paparicado — disse Lourenço. — Estudou até no Colégio dos Nobres. A educação apara as arestas do caráter. Eu fui sempre um espírito sem repouso. Cavalo que não escolhe estrada. Fui guiado pela necessidade e aprendi que só existem dois tipos de gente: a que tem as coisas e a que não tem. Não vou mudar, Vicente. O que o berço dá só a cova tira. Não vou ficar bonzinho só por ouvir sermão. O que eu quero eu agarro. Deus, se quiser me impedir, que venha armado. Nunca mais fique na minha frente.

— Esse aviso serve para você também. Se quiser briga, agora sabe que aqui vai encontrar homem.

— Está certo. — Lourenço sorriu. — Você é um cabra-macho. Eu o respeito.

— Nossa mãe não deve ter tido uma gestação sossegada.

— Coitada. A gente deve ter brigado até no ventre.

— Mas eu saí primeiro.

— Eu devo ter deixado. Por cortesia com os mais fracos.

— Você não parece o mais forte.

— Quer começar de novo, garoto?

— Quando você quiser.

A mesma risada. O mesmo balançar de cabeça.

— Se os republicanos nos conhecessem, paravam de pregar a fraternidade — disse Lourenço.

— Ainda sobravam a igualdade e a liberdade.

— Você nunca se cansa de ser bobo? Os homens não são iguais, são só parecidos. E liberdade é uma questão de dinheiro. Pergunte a qualquer escravo.

Vicente sacudiu os ombros e mudou de assunto:

— Como conseguiu aquilo?

— Aquilo o quê?

— Você devia ser ator. Num momento é um velhinho frágil, definhando, quase morrendo... No instante seguinte é um touro, forte, cheio de força e energia.

— Você é fácil de enganar. Praticamente *quer* ser enganado. Não aceita o mundo como ele é, fica procurando uma coisa que nunca acontece, então, quando alguém finge fazer o que você espera que aconteça, você quer tanto acreditar que engole praticamente qualquer coisa. Foi fácil iludi-lo. Me aproveitei de sua tal "empatia" para inspirar uma piedade por mim que você estava pronto para sentir. Foi você que quis me ver frágil.

Um galo cantou.

— E então? Como ficamos? — Vicente perguntou.

— Vou ser curto como mijo de sapo. Você tem os seus poderes, eu tenho os meus. Viramos peixe, sombra e sei lá mais o quê, mas um não pode matar o outro. Não fique no meu caminho e não ficarei no seu. Você é jovem, vai ficar sempre assim, pelo visto, e de manhã cedo quase nunca se pensa na noite. Eu não. O tempo já me gastou. Quero sossegar. Chega de imprevisto. Tenho dinheiro para comprar um engenho, ser barão e amarrar meu bode na sombra, e é isso que eu vou fazer.

— Mesmo sendo metade vampiro?

— O trabalho do senhor de engenho é dar ordens e ser obedecido. Posso fazer isso à noite.

Lourenço deixou escapar um sorriso misterioso, na certa pensando em seu bando de zumbis. Vicente não disse nada. Já havia tomado providências quanto àquilo. Mas tinha uma curiosidade:

Como faz esse truque da sombra? Outra feitiçaria que aprendeu com os negros em Angola?

— Não é truque. Simplesmente acontece. Desde aquela noite, quando você me desenterrou...

— E brigamos...

— ... minha sombra saiu em minha defesa, lembra? Com o tempo e as longas noites de tédio aprendi a comandá-la. Depois pensei se não podia fazer o mesmo com as outras sombras. E descobri que posso! Com quase todas as sombras! Outro galo cantou.

— Vamos?

— Me leve para aquela casa atrás da igreja do Sacramento — Lourenço pediu.

Os dois se ergueram das cadeiras ao mesmo tempo e deram um passo à frente. Sorriram e balançaram a cabeça, com movimentos exatamente iguais.

E, num impulso sincronizado que os espantou, estenderam o braço direito e apertaram as mãos.

— Há muita coisa entre nós dois, irmão... — Vicente disse, controlando a emoção. — Estamos unidos, apesar de tudo.

— É. Só se faz ponte quando o rio é fundo.

16

Capítulo

Tudo é um nunca acabar.

Foram 75 dias de República. Os primeiros do Brasil. Nada mal. Nunca tirariam essa glória dos pernambucanos. Com o tempo, porém, pareceu a Vicente que aqueles 75 dias tinham sido mais um sonho dele que havia invadido a realidade.

Com a fuga de Domingos Teotônio e João Ribeiro, Paula Cavalcanti foi deixado em Recife para garantir a retaguarda. Preocupado em salvar a própria pele, ordenou que todas as fortalezas se rendessem sem dar um tiro e entregou o governo aos portugueses.

O almirante Rodrigo Lobo custou a acreditar, mas acabou desembarcando. Ele afinal decidira aceitar as condições da rendição dos rebeldes, mas já não encontrou ninguém em Recife a quem dirigir sua mensagem. No mesmo dia 20 de maio, proclamou-se governador, em nome d'*El-Rei*, e convocou um marechal para ir atrás dos fugitivos.

Enquanto isso, a tropa *patriota*, com seis mil homens e alguns oficiais, parou no engenho Paulista, a poucos quilômetros da vila de Recife, sem saber o que fazer. Ninguém dava ordens, ninguém decidia nada. Naquela mesma noite do dia 20 os oficiais se reuniram em conselho e resolveram fugir, cada um para o seu lado.

Padre João Ribeiro foi contra. Pregou que deveriam continuar unidos, avançar pelos sertões adentro e instaurar uma "república dos lavradores", num lugar inacessível, longe das cortes, imune aos vícios das cidades, com homens puros e bons... Ninguém o escutou. A fuga estava decidida. Sem comunicar aos soldados, os oficiais fugiram na calada da noite.

João Ribeiro foi até a capela do engenho e se enforcou.

Na manhã seguinte, descobrindo terem sido abandonados pelos chefes, os soldados em pânico se dividiram entre os que queriam arrombar os cofres do Erário e os que preferiam entregá-los intactos a Rodrigo Lobo, para serem poupados. A segunda opção venceu e os soldados retornaram a Recife com os cofres, enquanto os que tinham opinião contrária se lançaram mato adentro, cada um por si. Logo chegaram as forças do marechal enviado pelo governador, que os caçou como animais pelos arredores.

Desenterraram João Ribeiro, cortaram sua cabeça e entraram com ela em Recife. Rodrigo Lobo mandou expô-la na praça do pelourinho.

Vicente foi vê-la.

Havia acontecido novamente. Pela terceira vez via degolarem seus amigos. Quantas cabeças mais seriam separadas do corpo até que o Brasil se tornasse independente?

Ele foi se deixando ficar no sótão, desanimado, desiludido. Não pintava, não decidia que rumo tomar, apenas assistia a mais uma vingança da Monarquia. A mais sangrenta da história do Brasil, comandada pelo conde dos Arcos, a mando de dom João VI.

Lourenço acertara quase todas as suas previsões.

Os soldados portugueses tinham ordens de fuzilar ou passar à espada quem se recusasse a aceitar a autoridade do rei. Eram ordens de dom João VI, "pai clemente e depositário do poder divino de julgar e matar".

Os "homens bons e puros" do interior entregavam os *patriotas* fugitivos. Todos foram capturados nas matas da região e remetidos para a Bahia em navios de guerra. O amigo de Vicente, frei Caneca, foi um deles.

No fim de junho chegou o novo governador enviado do Rio de Janeiro: Luís do Rego. Baixinho e muito gordo, um imenso bigode engomado, vinha realizar a devassa. Logo ao assumir avisou que, a mando de *El-Rei* Nosso Senhor, vinha "à testa duma forte divisão militar para terror e destruição dos malvados".

Com julgamentos sumários, sem direito de defesa, "uma vez que todos eram culpados do crime de lesa-majestade", escolheu quem deveria ser exilado, fuzilado ou ter os bens sequestrados. Dezenas de padres, civis e militares foram mortos, tiveram suas mãos e cabeças decepadas e espetadas em postes, e o resto do corpo arrastado por cavalos até o cemitério.

Os presos no Forte do Picão morreram sufocados nas celas sem ventilação.

Mulheres e filhos de *patriotas* tiveram as mãos destruídas a golpes de palmatória. Homens eram espancados e chicoteados nas ruas por qualquer motivo.

Na povoação de Bonito, na serra do Roncador, todos os homens foram fuzilados e as mulheres e crianças queimadas vivas dentro da igreja, por se recusarem a dar vivas a *El-Rei* dom João VI.

Vários engenhos de cana foram confiscados e revendidos muito abaixo do valor.

Lourenço arrematou o maior deles, na Zona da Mata, entre a vila de Recife e Sirinhaém. Uma imensidão de terra muito fértil e produtiva, cana já plantada, engenho forte, gado, bons capatazes e mais de cem escravos. Não precisava de zumbis.

Na noite seguinte à separação do irmão, a primeira coisa que Vicente fez foi correr até a chácara abandonada de Afogados para certificar-se de que o trabalho havia sido feito. As brasas do grande incêndio ainda ardiam. Os zumbis haviam virado cinzas. Foi ao encontro do grupo de arruaceiros da véspera, na ponte de Santo Antônio, e pagou a outra metade do serviço; dessa vez, com as moedas de ouro de Sofia.

Ainda passou mais alguns meses em Recife.

Quis vigiar Lourenço, para ter certeza.

O irmão mudara mesmo. Tornar-se senhor de engenho era o que queria. Tinha se aquietado. Agora era um homem muito rico e poderoso. Em breve seria barão. Vivia cercado de luxos inimagináveis e mulheres. Era considerado excêntrico por nunca aparecer durante o dia. Não fazia mais zumbis. Não precisava. Com seu dinheiro e a violência dos capatazes bastavam escravos normais.

Vicente precisava deixar Pernambuco para trás. Não suportava assistir à restauração da monarquia, à vitória da Corte portuguesa, ao povo que havia pouco gritava "Viva a Pátria!" e agora estava gritando "Viva *El-Rei*!".

Estava enojado, mas não sabia o que fazer. A obsessão que o movia havia décadas — encontrar o irmão — terminara. O ateliê vazio, a ausência de Sofia, a morte de João Ribeiro... Não conseguia ânimo para pintar.

Sentia inveja do irmão.

Lourenço saíra vitorioso. Conseguira o engenho, a nobreza, a riqueza. E ainda por cima tinha mulheres.

Uma noite, olhando seus antigos trabalhos, lembrou do elogio que o amigo João Ribeiro fizera e que repetira a si mesmo tantas vezes, envaidecido. O despeito explodiu em seu peito. Até nisso o irmão saíra vencedor!

O mestre das sombras era Lourenço.

Partiu uma semana depois. Havia descoberto uma maneira de vencer o irmão. Continuaria lutando pela independência do Brasil. Ela ia acontecer. Com certeza. A mentalidade de Lourenço, e dos que pensavam como ele, estava ficando para trás. O iluminismo dominaria as consciências no mundo todo. O poder das monarquias e da Igreja católica chegaria ao fim. A luta não iria parar. A progressão da revolta era matemática. Na Inconfidência Mineira, a Monarquia precisara matar um rebelde, Tiradentes. Na Revolta dos Alfaiates, enforcara e esquartejara vários. Agora, em 1817, dom João VI mandara matar 1.600 homens.

Mas a revolução definitiva teria de ser feita onde o rei morava.

Sofia nunca mais apareceu. Sumiu porque ele parou de pintá-la, ou ele parou de pintar porque ela sumiu? Havia mesmo existido ou tinha sido um desenho que pulara para a realidade, como os outros? Atraíra Lourenço até

o sobrado, ou o próprio Vicente fizera isso por meio dos sonhos? Sussurrara em seu ouvido para não matar o irmão, ou havia escutado sua própria voz interior?

Preferia pensar que ela "existia" numa zona fantasma, entre os dois extremos, os vivos e os mortos, como ele, e que por um breve período tinham feito contato. Haviam se alcançado, apesar de todas as impossibilidades. E se amado. E depois se perdido um do outro. Não era assim que o amor funcionava com qualquer um?

Mas, se ela existia, havia um problema: o que fazer com o tesouro? Se ele partisse levando os três sacos restantes, o fantasma de Sofia não teria mais como se apegar à realidade, desapareceria para sempre. Deixar aquela fortuna para trás era um absurdo. Entre outras coisas, podia usá-la para ajudar a independência do Brasil. Não conseguia partir *levando* o tesouro nem partir *deixando* o tesouro. O dilema o torturou por algumas noites, até lembrar-se das palavras do mentor, das zonas cinza entre os extremos...

Guardou um saco de moedas de ouro no sobrado, bem escondido para o irmão não achar, e partiu para o Rio de Janeiro, levando dois.

Partiu levando sensações imprecisas e a alma em conflito. Ter um irmão havia posto um fim em suas crises de solidão cósmica. Apesar da enorme culpa por também tê-lo transformado num vampiro, mesmo que só pela metade, sentia-se feliz e realizado por afinal ter encontrado Lourenço. Um irmão era um elo com a existência. Não estava mais só. Porém, aquele irmão era um inimigo! Um adversário poderoso. Tinha certeza de que ainda iria enfrentá-lo nas lutas pela Independência e pela República.

Um inimigo mortal. A quem não podia matar.

Saiba mais sobre

A HISTÓRIA

ALMA REVOLUCIONÁRIA

A tradição revolucionária dos pernambucanos vem de longe, do ano de 1645 — quando aconteceu a Insurreição Pernambucana, que expulsou os holandeses da cidade do Recife.

Mais tarde, portugueses e pernambucanos que haviam lutado juntos estavam em lados opostos. Os donos de engenho, concentrados em Olinda, atacaram os comerciantes portugueses de Recife — apelidados de mascates —, com quem tinham grandes dívidas. A Guerra dos *Mascates* terminou em 1711 com a derrota dos proprietários de terras.

No século XIX, os ideais iluministas, a independência americana, a Revolução Francesa e a maçonaria sopraram ventos incendiários que convulsionaram o mundo. Em Pernambuco, ajudaram a colocar fogo nas brasas de insatisfação de grandes produtores de açúcar, que já estavam sendo pressionados por uma recessão econômica, por altos impostos e por uma seca prolongada. A Revolução Pernambucana também foi chamada Revolução dos Padres. Entre os líderes desse movimento, estavam religiosos, comerciantes e alguns militares, além de grandes senhores de terras. Contudo, a participação popular foi pequena.

A memória da revolta de 1817 incentivou outra, em 1824, já após a independência do Brasil. Seria denominada Confederação do Equador, que também tentou emancipar a região. Como combustível, teve a insatisfação com as políticas econômicas de D. Pedro I. E, entre seus organizadores, estava novamente frei Caneca, veterano de 1817. Uma vez revolucionário, sempre revolucionário...

Houve rigorosa repressão em todos esses casos, com pena de morte para os líderes e para os mais humildes — por exemplo, frei Caneca foi fuzilado em 1825, depois de não terem encontrado carrascos dispostos a enforcar um religioso. Mas isso não impediu que os recifenses continuassem lutando. Ao longo do século XIX, as revoltas se sucederam. Em 1831, houve a Setembrizada e a Novembrada. Em 1832, a Abrilada. Depois vieram a Guerra dos Cabanos (1832-1834), as Carneiradas (1834-1835). Finalmente, em 1848, a Revolução Praieira exigia o fim da monarquia (na época do Segundo Reinado), mas foi duramente reprimida, representando a última revolta do Brasil Império.

Repressão violenta: o detalhe acima representa a execução de líderes da Revolução Pernambucana de 1817 no Campo da Pólvora, em Salvador.

GANHA-PÃO ÀS CUSTAS DE VIDAS HUMANAS

Lourenço não foi o primeiro e nem o último a tirar proveito de uma estrutura econômica fundada na exploração de outras pessoas. O tráfico de escravos da África para o Brasil começou oficialmente em 1559, sob o monopólio de Portugal. A partir do século seguinte, entretanto, Espanha, França, Inglaterra, Holanda e até a Dinamarca entraram nesse rentável mercado.

A escravidão já era praticada na África antes da chegada dos colonizadores europeus, fruto, sobretudo, de guerras tribais. Mas logo os ganhos do tráfico transatlântico se revelaram tão atraentes que modificaram a estrutura original da escravidão africana. Expedições sistemáticas de captura de negros começaram a ser empreendidas em diversas áreas do continente, levando miséria para muitos e lucro para poucos.

No Nordeste brasileiro, a mão de obra escrava garantia o cultivo de cana-de-açúcar. Aqui, os escravos trabalhavam na produção de açúcar, tabaco, algodão, café. Também exploravam ouro e diamantes em Minas Gerais. Os escravos domésticos trabalhavam na casa de seus senhores, cozinhando, costurando, limpando, cuidando das crianças. Nas cidades, existiam os escravos "de ganho", que faziam serviços remunerados — dinheiro que ia parar nas mãos de seus proprietários.

Os negros resistiam como podiam: milhares fugiam e se juntavam em quilombos, como o de Palmares. Alguns se revoltavam, como os maleses de Salvador. Muitos se suicidavam.

A pressão internacional contra o tráfico negreiro aumentou bastante no século XIX, quando as colônias americanas decretaram a independência e o fim da escravidão. A Inglaterra passou a pressionar para que o Brasil fizesse o mesmo. Os motivos eram morais, mas também econômicos, já que os ingleses ficavam em desvantagem no comércio internacional.

Na segunda metade do século XIX, uma onda abolicionista se formou no Brasil. O tráfico negreiro foi proibido pela Lei Eusébio de Queirós (1850), mas a tão esperada liberdade só surgiria no ano de 1888.

Trocados por tabaco, principalmente em Angola, Moçambique e no Golfo de Benin, os negros seguiam para o Brasil transportados em *navios negreiros* — quase sem espaço para se movimentarem e em péssimas condições de higiene. Os sobreviventes da cruel travessia desembarcavam em Salvador, Recife e São Luís, onde eram revendidos.

UMA TERRA EXÓTICA

No século XVI, a invenção da prensa-móvel por Gutenberg ajudou a popularizar, entre o público europeu alfabetizado, os relatos de viagens ao recém-descoberto Novo Mundo. E para um europeu, aquelas terras e as pessoas que lá viviam eram completamente diferentes de tudo que imaginavam.

A primeira descrição do Brasil a causar um enorme impacto foi a narração das aventuras do alemão Hans Staden, que havia sido capturado por índios tupinambás e quase acabou devorado, sendo salvo por corsários franceses. Em 1557, Staden publicou o livro conhecido como *Duas viagens ao Brasil*. Nele descreve, com a ajuda de desenhos, os estranhos animais e os ainda mais "excêntricos" costumes indígenas, entre eles, o canibalismo.

Em 1637, ao desembarcar em Recife, Maurício de Nassau veio acompanhado por uma missão cultural com vários artistas. Dois nomes se destacaram: Frans Post (1612-1680) e Albert Eckhout (1610-1666). Os jovens e talentosos pintores retrataram as paisagens, as frutas, os costumes, os indígenas da terra recém-conquistada pelos holandeses. A fotografia só seria inventada quase dois séculos depois e os quadros de Post e Eckhout revelavam, em cores, um mundo até então só imaginado.

Além de conhecer a paisagem e os nativos das colônias, as metrópoles precisavam, acima de tudo, saber quais espécies vegetais poderiam ser criadas ali. Entretanto, devido à grande concorrência no comércio internacional, roubar mudas de áreas dominadas por uma nação rival poderia levar à morte. Mesmo assim, diversas espécies eram contrabandeadas e adaptadas em hortos ou jardins botânicos, e depois distribuídas para plantação em larga escala.

No Brasil, os primeiros jardins botânicos foram criados no século XVIII em Belém, Olinda, Vila Rica, Salvador e São Paulo. Mas o mais famoso é o do Rio de Janeiro, inaugurado após a chegada da família real. D. João VI plantou lá, pessoalmente, um exemplar de palmeira trazido da Ilha Maurício, então colônia francesa.

A "biopirataria" mudou a distribuição de espécies vegetais pelo mundo. Hoje é quase impossível imaginar o Brasil sem a cana, a banana, o café, a manga, a laranja, o feijão, a soja e até mesmo a jaca. Mas todas essas espécies foram trazidas de outras regiões, sobretudo da Ásia.

RECIFE MAL-ASSOMBRADA

Localizada à beira de mangues onde a matéria orgânica se decompõe e forma fogos-fátuos de uma estranha luz, azulada e hipnótica. Palco de revoltas e batalhas que deixaram inúmeros mortos e variadas lendas. Recife oferece o cenário ideal para o surgimento de assombrações.

Como já dizia o célebre sociólogo recifense Gilberto Freyre (1900-1987), a capital pernambucana "é uma cidade tão célebre pelas assombrações quanto pelas revoluções".

Recife era povoada por índios, portugueses, negros, holandeses, cada um com sua cultura, seu diferente tipo de religiosidade. Essa convivência (ou *tentativa* de convivência, já que os conflitos não foram poucos) deu origem às mais ricas histórias. Transmitidas de geração para geração, oralmente, muitas delas misturam diversas tradições. A de Branca Dias, por exemplo, trafega entre a realidade e a lenda. Judia, ela teria nascido em Portugal no século XVI e, fugindo da Inquisição, veio para o Recife holandês. No Brasil, tornou-se dona de engenho. Mas com a expulsão dos "demônios de cabelos vermelhos" — como os holandeses eram chamados, porque eram protestantes e ruivos — voltou a ser perseguida. Ela teria jogado toda sua fortuna nos rios que cortam a cidade e, depois de morrer, passado a assombrar o engenho onde vivia para proteger seu tesouro. Entrelaçada ao costume indígena de adorar as águas, a lenda conta ainda que uma branca, desejando ver seu futuro no fundo do riacho da Prata, teria sido puxada para o fundo pela Branca Dias, que estaria guardando sua fortuna.

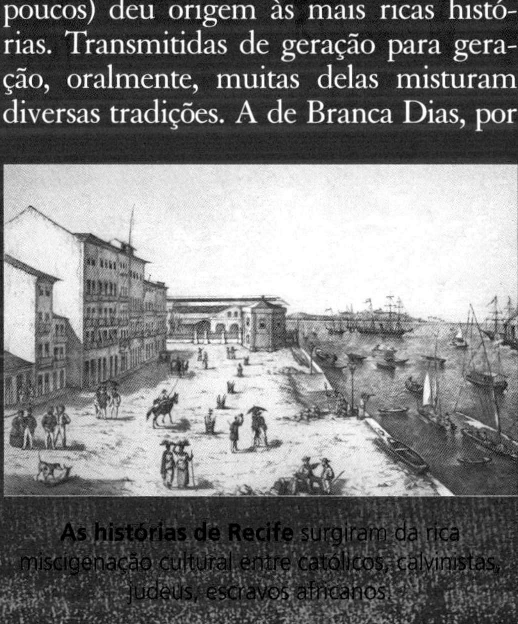

As histórias de Recife surgiram da rica miscigenação cultural entre católicos, calvinistas, judeus, escravos africanos.

O folclore de Recife serve também para exorcizar e denunciar uma realidade de profunda desigualdade social. Não é por acaso que os lobisomens são homens brancos, ricos e amaldiçoados. Por exemplo, o Papa-Figo, que queria se livrar da sina de se tornar um lobisomem. Proveniente de uma família muito endinheirada da cidade, ele teria procurado um velho feiticeiro, que o aconselhou a comer fígado de meninos negros para ganhar cor, força e se curar — às custas de muitas vidas.

Mas não é só nas histórias que encontramos figuras cruéis, vingativas, fantásticas, sofredoras... Algumas lendas deixaram marcas também nos nomes de bairros e ruas da cidade: Aflitos, Afogados, Encanta-Moça, Chora-Menino, entre outros.